齐鲁人杰丛书

主编　任继愈　副主编　乔幼梅　邹宗良　贺立华

兵家之祖——孙子

李殿仁◎著

山东教育出版社
济南

图书在版编目（CIP）数据

兵家之祖——孙子 / 李殿仁著 . 一济南：山东教育出版社，2015（2024.4重印）

（齐鲁人杰丛书 / 任继愈主编）

ISBN 978-7-5328-9171-9

Ⅰ. ①兵⋯ Ⅱ. ①李⋯ Ⅲ. ①传记文学 – 中国 – 当代 Ⅳ. ①I25

中国版本图书馆CIP数据核字（2015）第249137号

QILU RENJIE CONGSHU
BINGJIA ZHIZU——SUNZI

齐鲁人杰丛书

兵家之祖——孙子

任继愈 主编

乔幼梅 邹宗良 贺立华 副主编

李殿仁 著

主管单位：山东出版传媒股份有限公司
出版发行：山东教育出版社
地址：济南市市中区二环南路2066号4区1号 邮编：250003
电话：（0531）82092660 网址：www.sjs.com.cn
印 刷：山东华立印务有限公司
版 次：2015年4月第1版
印 次：2024年4月第2次印刷
开 本：787毫米×1092毫米 1/32
印 张：5
插 页：2插页
字 数：83千
定 价：29.80元

（如印装质量有问题，请与印刷厂联系调换）印厂电话：0531-76216033

孙子像

孙子兵法竹简（银雀山汉墓出土）

序

任继愈

山东教育出版社要出版一套《齐鲁人杰丛书》，这是一件很有意义的事。

我们的祖国是一个有着悠久历史和辉煌文化传统的文明古国，而山东则是中华文明的发祥地和重要地区之一，在中华民族的形成和发展史上做出了应有的贡献。近年来的考古发现已经证明，早在几十万年以前，“沂源人”就生息、繁衍、劳作在这块土地上，他们生活的年代与“北京人”大体相当。进入新石器时代，这里先后出现了后李文化、北辛文化、大汶口文化、龙山文化和岳石文化，形成了前后衔接的史前文化的完整序列，这在其他地区是十分少见的。

山东为齐鲁旧邦。西周初年齐鲁两国的建立，把西方周文化带到东方，与东夷文化相结合，造成新的文化优势，为后来秦汉以后的邹鲁、燕齐文化奠定了基础。齐与鲁对当时中国的政治、经济、军事、文化、科技等各个方面都产生了重大而深远的影响。孔子生于鲁国，他的思想学说不仅影响了中国，还影响到世界，成为世

界人民共同的精神财富。此后孟轲、荀况发展了孔子的学说。鲁人墨翟是平民出身的政治家、科学家。孔墨两家成了战国时期的显学。孔墨之外，春秋战国时期的齐鲁地区人文荟萃，名家辈出，政治家如齐桓公、管仲、晏婴，军事家孙武、孙膑、田单，史学家如左丘明，工程技术专家鲁班，天文学家甘德，医学家扁鹊等。齐国稷下学宫，倡百家争鸣，大大地促进了学术文化的繁荣与发展，成为一时的学术中心。

下逮秦汉，中国进入大一统的封建社会。齐鲁文化博大精深的传统不断发扬光大，在此后两千年中，先后出现了公孙弘、诸葛亮、刘表、王导、王猛、房玄龄、刘晏、丘处机等政治家，彭越、羊祜、王敦、秦琼、王彦章、戚继光、邢玠等军事家，邹阳、东方朔、王粲、孔融、刘桢、徐干、左思、刘峻、刘勰、王禹偁、李清照、辛弃疾、张养浩、康进之、高文秀、谢榛、李开先、李攀龙、兰陵笑笑生、蒲松龄、孔尚任、王士桢等文学家，王羲之、王献之、颜真卿、李成、张择端、焦秉贞、高凤翰、刘墉等书画家，郑玄、王弼、刘熙、臧荣绪、邢昺、于钦、马骕、张尔岐、孔广森、郝懿行等经学家、史学家、文字学家，氾胜之、刘洪、王叔和、何承天、贾思勰、燕肃、王祯、白英、薛凤祚等科学家。几千年来，人才辈出，灿若繁星。

进入近代，山东地区的历史发展呈现出两个十分鲜明的特点。一是灾难和压迫深重。1840 年鸦片战争之后，随着中国社会殖民化程度的加深，先是帝国主义教会势力侵入山东，后是日、英侵占威海卫，德国侵占胶州湾。二是压迫越是深重，反抗越是激烈。山东人民不屈不挠，前仆后继，进行了艰苦卓绝的反侵略、反封建斗争。山东人民反“洋教”的巨野教案，威海人民反抗英军侵占威海卫的斗争，高密人民的反筑路斗争，宋景诗领导的黑旗军起义，曲诗文领导的抗捐抗税起义，捻军和山东抗清武装击败清亲王僧格林沁的壮举，都是山东近代史上可歌可泣的壮丽篇章。面对帝国主义瓜分中国的狂潮，阎书勤、赵三多等率先举起了“反清灭洋”的大旗，直至发展为声势浩大的义和团反帝爱国运动，更是写在中国近代历史上光辉的一页。

1919 年的五四运动是由山东问题引起的，山东人民则是这一运动的前驱。随着马克思主义的传播，王尽美、邓恩铭等建立了山东共产主义小组，山东成为全国建党最早的省份之一。抗日战争爆发后，在民族危亡的历史关头，山东党组织领导了冀鲁边、鲁西北、天福山、黑铁山、牛头镇、潍北、徂徕山、泰西、鲁东南、鲁南、湖西等抗日武装起义，山东军民创建了我党领导的山东战略根据地，山东大地上成长起了范筑先、张自忠、任常伦等民族英雄。在解放战争时期，山东人民参军参战，支援前线，配合华东解放军粉碎了国民党反动派的全面

进攻和重点进攻，当时在山东境内发生的孟良崮、莱芜、济南、淮海等一系列重大战役的胜利，都直接地推动和影响了中国革命和中国历史的进程。

山东是一块有着悠久文化传统和光荣革命传统的土地，是一个英杰辈出的地方。作为一名山东人，我深以在故乡的土地上出现过一代又一代的文化名人和仁人志士而感到骄傲和自豪。《齐鲁人杰丛书》以文学传记的形式，将他们中的杰出人物介绍给广大读者，他们坚韧不拔、克服困难的精神给人以鼓舞，他们各具特色的人生经历和杰出贡献给人以启发。我们诚挚希望这套丛书能在弘扬祖国的传统文化，增强民族凝聚力，推进祖国的现代化建设中起到积极的作用。作为本丛书的撰写者，切盼得到广大读者的指正，以便作为今后进一步改进的依据。

目　录

自古研兵非好战，

而今研兵为和平。

——李殿仁

将听吾计，用之必胜，留之。

将不听吾计，用之必败，去之。

——孙　武

一、孙武家世

孙武，字长卿，大约生于公元前 533 年，即春秋末、战国初期，齐国人。孙武原不姓孙，他的爷爷姓田，叫田书，再往前寻根，应姓陈。说到孙武的家世，要追溯到很久很久以前，相传孙武的祖上陈氏是先帝舜后裔中的一支。古时候，人们的姓氏与现在不一样，是以血缘关系为基础的。那时人们姓什么是因部落、地名而起，或是由部族首领、奴隶主、封建皇帝赐封的。早在远古，人类尚无凿井、农耕的本领，为了生存，必须寻找有水草的地方居住，以便从事渔猎和采摘。所以那时的水草地带，不仅是人类争夺的目标，也是帝王对下赏赐的上等礼品，即所谓食采或封邑。我国上古时的唐尧、虞舜、夏、商、周相继延续，据说尧让舜，舜让禹，史

称禅让。虞舜在受禅之前就很受帝尧的宠爱，帝尧把两个女儿嫁给了舜，还让他们在妫（guī）河一带居住（妫河在今山西永济市南）。自此，虞舜的后代就在那里繁衍生息，成为一个较大的家族，史称部落。这个部落遂以地为记，称为妫姓。在周武王伐商建立了西周之后，要对前贤的后代封爵，就在妫河边找到了舜的后裔妫满，封他为陈侯（陈在今河南淮阳区），并把大女儿元姬嫁给妫满。妫满死后，封号为陈胡公。由此，妫满在陈的后代，就以陈为姓氏了。

到商朝时期，陈氏家族在黄河中下游的河南淮阳一带建立了陈国。到周朝周平王十七年，即公元前 754 年，陈文公在位。公元前 744 年，陈文公去世，其子陈鲍被立为国君，即陈桓公。公元前 706 年，陈桓公有病在身，他的同父异母弟弟趁此机会，密谋杀害自己的哥哥，做了一国之君，这就是陈历公。陈桓公被杀以后，他的小儿子陈林欲报杀父之仇。到了公元前 699 年，陈林经过周密策划和长期准备又杀掉陈历公，自立为国君，即陈庄公。陈庄公在杀陈历公一家时，历公的儿子陈完幸免一死，但失去了太子之位。公元前 692 年陈庄公死去，他的弟弟杵臼被立为国君，即陈宣公。陈宣公即位以后不久，太子御寇谋反，欲夺其父的王位，结果泄露了秘密，被他的父亲陈宣公杀死。陈完平日与御寇经常往来，见御寇被杀，心想："御寇谋反，我与御寇私下交好，我

虽没参加，但有嘴也说不清楚，陈宣公一定不会放过我，还是走为上策。”这样，陈完连夜逃往齐国。

陈完，字敬仲，一向谦逊有礼，很有才华。陈完到齐国以后，当时齐国（建都于山东临淄）的国君齐桓公十分器重他，要封他为上卿。陈完说：“感谢国君的知遇之恩，臣不才，担当不起如此重任。”齐桓公见陈完说得恳切，就封了他一个管理全国工匠的官，称为“工正”，并赐予他一块菜地。陈完对此不胜感激，从此在齐国安居下来，生活过得很富足。但有一事使陈完心中不痛快，就是一想起自己姓陈即想起陈国，也想起陈国的兄弟、父子争权夺利，尔虞我诈，相互残杀，心中罩上了一层阴影。为了忘掉这一切，他决定改去陈姓。当时“陈”“田”同音同意，陈完就改姓田，叫做田完。田完为了报答齐国收留之恩，工作兢兢业业，从不招惹是非，与王室保持密切关系，因而受宠于齐。

田完有一子叫田稚，字孟夷；田稚有子田成，字孟庄；田成有子田文子，字须无；田文子生田桓子，字无宇。田氏在齐国为卿大夫，大都是文官，到田无宇则成为一名著名的将军。在楚、齐与晋国的棘泽之战中，田无宇亲自指挥，与楚军联合作战，大败晋国，名声大噪。在国内，他又率军和鲍氏一起，讨伐叛乱的栾氏、高氏（当时齐国有田、鲍、栾、高四大族姓），取得了胜利，为齐国的巩固立下了汗马功劳。所以，田氏在齐国的声

望很高。田无宇生有田子开和田乞两个儿子，其中田乞为齐景公时的大夫，后为宰相。田乞有两个儿子田常和田书，田常子承父业，为齐国的宰相，而田书成为齐国的一名将军。

公元前 523 年，田书奉齐景公之命率军讨伐莒国。他沉着机智，指挥果断，结果大获全胜，班师回朝。齐景公大喜，设宴大赏三军，除赐给田书金银珠宝之外，还赐姓孙氏，封采邑于乐安（当时的乐安为今惠民县）。这在当时对田书家族已是极高的奖赏了。从此，田书改名为孙书，举家迁往乐安，为齐国镇守北部边疆。

孙书又生了儿子孙凭，孙凭生了孙武，字长卿。孙武有三个儿子，分别是孙驰、孙旺、孙敌。孙旺的孙子是孙膑，也是孙武的第四代孙。孙武与孙膑是一脉相承的祖孙二人，曾先后是历史上赫赫有名的军事家，孙武被称为“兵圣”，这是后话。

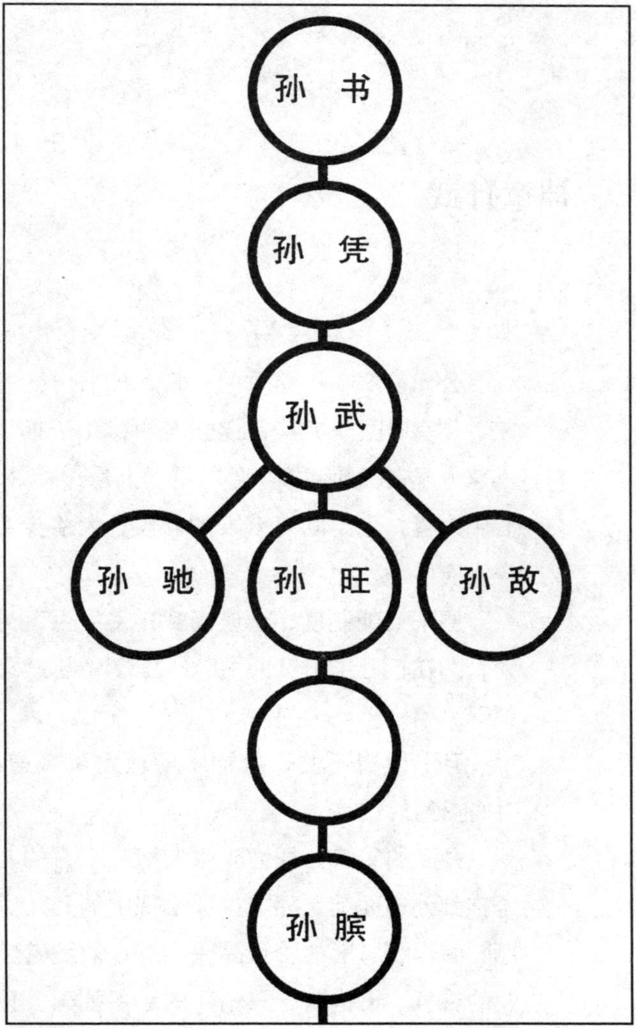

孙　书

孙　凭

孙武

孙　驰　　孙　旺　　孙敌

孙膑

二、神童孙武

公元前 533 年春季的一日，孙书出征归来，到宫中回禀完毕，遂回府中，儿子孙凭率家人早在门前迎接。孙书见门上悬一彩弓，心中大喜，也不回答家人的问候，大踏步直奔入府中。

原来周朝制度，士族尚武，家中生下男儿，即在门上挂一彩弓，称之为“悬弧之仪”。

孙书甲胄不脱，战袍不解，大声喊道：“快抱孙孙我看！”

孙武的父亲孙凭忙叫家人把三个月的儿子抱到孙书面前。孙书见那襁褓中的孙儿宽额圆面，红彤彤的脸蛋晶莹闪亮，散发着婴儿的香气，正抱着一只精巧的小弓酣睡。孙书满脸绽笑，低声问道：“咦，这孩子如何抱

一张弓睡觉?”

孙凭赶忙回答说:“这孩子出生一个月,就爱抓刀摸剑,不然就哭嚎不止,家人恐为兵器所伤,所以做了一张小弓给他玩耍。想不到他爱不释手,连睡觉也自抱着。”

“噢,竟有这事!”孙书轻轻把弓从孙儿怀中抽出,只见他小嘴动了几下,睁开一双亮晶晶的眼睛,注视着一张苍老的面孔。孙书把脸贴上去亲了一下,孙儿发出咯咯的笑声,喜得孙书眼泪都流了出来,周围家人的称贺一声也没听见。他抹了抹眼泪,自言自语地说:“孙氏也算是后继有人了!”

孙武降生后,据说七个月便会走路,八个月会说话,十二个月竟识三百余字。

有记载说,孙武三岁那年,有一天,他玩耍时不慎一头栽下院内井中。全家人吓了个半死,慌乱中找来绳索,往井里一瞧,全惊呆了——原来孙武竟坐在井里水面上。家人惊疑中抛绳滑下井去抱出他时,他竟嘻嘻地嬉笑。人们啧着嘴叹道:“这孩子命真硬!”

小孙武幼时十分贪玩,常为玩耍而忘记做功课,手上、屁股上没少挨板子。那时,孙氏家族人丁兴旺,族中孩娃也多。孩子们常聚在一起玩耍做游戏,或捉迷藏,或分帮摔跤,孩子们便推选孙武为首。小孙武乐得领头,将小伙伴们分成几帮,玩“攻城”,玩“防守”,他做

“大将军”，指挥“两军”对垒“交战”，玩得有声有色。

一次，小孙武领十几个孩子在村头玩“布阵”迷藏。村头有片林子，林子里多是参差不齐的杂树，故这片林子又称迷汤林。迷汤林边有一株粗大糙皮的古槐树，古槐下横卧了一块八尺长四尺宽的青石。孙武坐在青石上，指挥孩子们进入迷汤林中“战斗”去了。他感到玩得有些乏，便深深打了个哈欠，躺在那块大青石上呼呼地睡着了。

玩“布阵”的小伙伴们在林子里“战斗”一番之后跑回迷汤林口，竟不见了孙武的踪影，却见古槐树下那块大青石上躺着个东西。伙伴们在远处一看，朦朦胧胧地，似乎在那青石上睡着一只吊睛利齿黄花纹的老虎，不由地大声惊叫起来：“老虎!”

孩子们惊叫一声，吓得抱头鼠窜。

“都跑啥?”身后突然传来孙武威严的童音，“都给我回来!”

伙伴们狐疑地立住脚，回首一看——大青石上哪有老虎，分明是打着哈欠又揉眼的小孙武……

三、“武”字的由来

孙武出身于将军世家，祖上几辈都曾领兵打仗，驰骋疆场。多年的征战，使得祖辈们认为从军总有风险，虽然他们身挂将帅之印，却不愿自己的儿孙再从军习武。所以，孙武的爷爷孙书给孙武起名字时就叫长卿，卿是有学问的文官。但事情的发展并不像孙武爷爷所预料的那样，后来发生的一件事，改变了孙武爷爷孙书的初衷。

孙武早年丧母，其父孙凭续娶继母。就在其父与继母的婚礼上，孙武的爷爷孙书给孙子取名为武。

孙凭和虞人之女（当时是宫官之女）李沛雁的婚礼是较为奇特的，不像普通婚礼那样文质彬彬，钟鼓乐之，琴瑟友之，而是戎装而行，更像出兵作战之前的一次誓师，一

次军事演练，既奇特，又简朴。如此前所未见的婚礼把整个齐都临淄都轰动了。

主持婚礼的不是别人，就是当时的国王齐景公。景公亲自驾临孙书府第，只见他一身戎装，左右文武大臣簇拥。他既是婚礼中最尊贵的宾客，也是主婚和媒妁。

迎亲的新郎孙凭乘车带弓挎剑，英气勃勃。孙凭之后是荷戟而行的家兵家将，很像是一支精锐的貔貅之师。

彩轿里坐着的新娘也非等闲之辈。她是一位女中豪杰，就连齐景公对她也十分赏识。

据说，她从小跟着父亲在大泽猎场，天天和男孩子一样张弓射猎，练得一身好武艺。国君更看重的也许正是一个女子的武功。这也是近水知鱼性，靠山识鸟音，其实不足为奇。这次李沛雁出嫁，齐景公特派一百名女兵作为陪嫁。

婚礼自然是新郎、新娘比武逞胜，婚礼举行得隆重而热烈。婚礼上，新郎、新娘各出高招，观众席上齐声喝彩，齐景公也十分高兴。

忽然，齐景公似乎想起了一件事，他说："新郎新娘，男女才情，大家眼见，就不用多说。我还听说，孙府有个奇童子，却没见过，不知这孩子现在在不在场？我倒想见见。"

话音刚落，只见人丛中走出一个身穿吉服的童子，朝着景公就拜：

“臣长卿拜见国君。”

景公举目一看，眼前跪着一个眉目间透出一股灵秀之气的孩子。

“将门子弟，从小会些兵法武艺吗?”

“禀告国君，他年纪还小，只读些典史，还没有教过他兵法武艺。”

孙书怕孙子言语有失，连忙代答。

长卿却大胆地说：“臣虽然没有专门学过，生在将门，见得多了，兵法、武艺，也略略会一点。”

孙书怒目长卿，声音不高，却很威严：

“大胆!”

景公宽厚地笑着说，“老将军不必拦他，童言无忌嘛，让他说吧。”齐景公看了孙书一眼，又接着说：“老将军南征北战，鞍马在外，孙子在家学些什么，也许你并不完全清楚。孩子不说假话，他说兵法、武艺都会一些，也许真会。我今天倒要当着众人的面考考他，看看传说的孙府奇童奇在何处。”

这时，孙书心里直叫苦，生怕长卿当着国君和众宾客的面现眼，丢了孙府的丑。那样一来，今天的风光便煞了一半。

景公问长卿：“你说古今兵法，著名的都有哪些?”

长卿不慌不忙，屈指数来：“古时兵法，流传到今天，最早的要数黄帝大将风后所著的《握奇经》。当朝开国，六百年前，太公尚辅助周文王、周武王出兵灭殷纣王，著有兵法《六韬》。书分‘文韬’‘武韬’‘龙韬’‘虎韬’‘豹韬’‘犬韬’六卷。”孙武喘了口气，又接着说：“近代兵家、政治家、学问家，凡有著作，虽然不是专门的兵法，往往杂有谈兵的章节。像老子李耳《道德经》，有多章谈兵，话语不多，意义深刻。还有我们齐国的贤相管仲，著有《管子》二十余卷，其中便有卷谈及兵法。”

听到这里，景公大为惊异，如果不是此人就在面前，几乎不敢相信这番对答出自一个十岁左右的孩子之口。他进一步问：“这些兵书你都读过？记得里面的内容吗？”

长卿用孩子那天真无邪的明朗目光直视景公，自信地点头。

景公又提问了《掘奇经》《六韬》中的一些文句，长卿都不慌不忙地对答如流。

“奇，奇，奇，真是一个名不虚传的奇童啊!”景公连声叹赞。

孙书却在一旁暗暗叫苦：“我本想让你熟读典史，指望你长大当卿相，你却一头钻到兵书里去了。难怪每次出征回家，架上的兵书总像有人动过!”多年狐疑，不明白谁会去翻那些简册，此时才恍然大悟。

景公说：“今天寡人主婚，你有了一位继母，刚才你也叩拜过。那你喜欢她吗？”

在他和父亲中间，要新加入进来一位继母，这件事常使长卿幼小的心灵忐忑不安。今天，他亲眼见到了新来的继母，温柔美丽，又有一身出色的武艺，他满意了。现在景公问起，长卿凭着一面的直感，略带羞涩说："喜欢!"

"喜欢就好，和睦才能家兴。你父亲和新来的继母已经行了两箭同心的仪式，你说兵法、武艺都会一些，能不能当着朕的面，来个三箭同心，表示你对新来继母的真心喜欢呢?"

"行!"长卿毫不含糊地回答。

景公命左右侍卫给小公子挑了一张略软一点的弓和一支好箭。

长卿接过侍卫送上的弓和箭，全场的人都替他担心，孙书和孙凭更是捏着一把汗，心里直犯嘀咕："浑小子，兵书偷偷读过，你是读书人，还能搪塞国君的考问。射箭百步中心，多少行伍一生的人尚且不能，你敢夸口?若有点闪失，差之毫厘，失之千里，父亲、祖父的脸面往哪里放?"

对大人们的担心，小小长卿似乎全然不觉。他将箭搭在弓上，拉了拉，试一试，又放下。

孙书、孙凭的脸色沉了下来。

景公关切地问："孩子，怎么了?没有把握射中红心?"

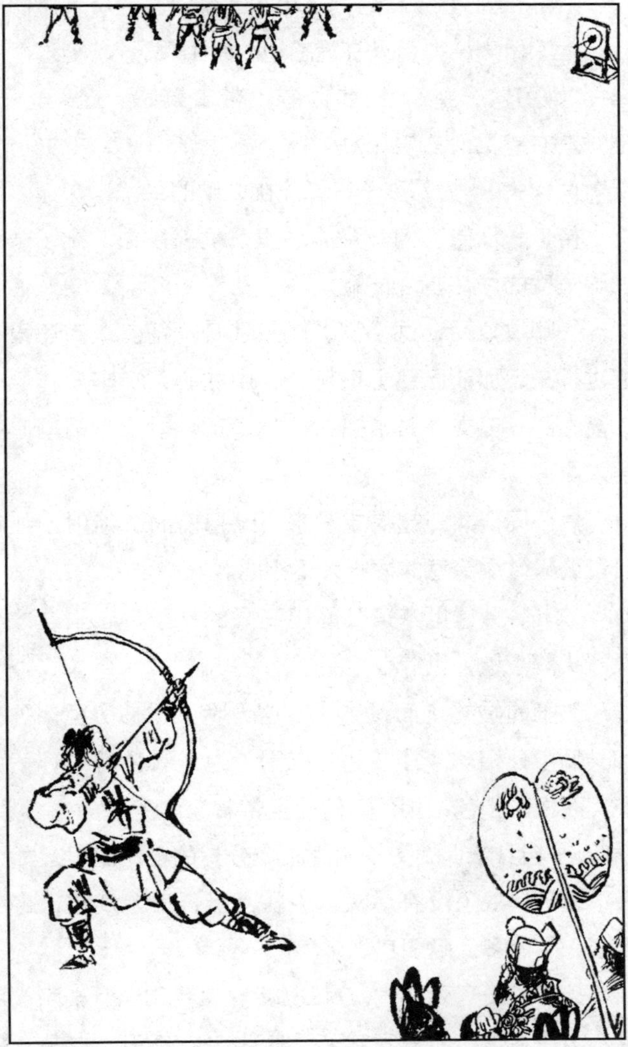

“觉得这弓软了些。”长卿的回答，出乎众人意料之外，大家做声不得，只有疑惑地面面相觑。

“嫌弓软了些?”景公语音也带着疑惑。迟疑一下，他对左右侍卫说：“那就给小公子换张略硬点的弓。”又低声交代：“毕竟是孩子，不能挑太硬的弓。”

侍卫长从侍卫们身背的弓里，挑来挑去，挑了一张软硬适度的弓，递给长卿。

长卿拉拉弓，试了试，倏然飞身一箭。众人还没有醒过神来，那箭已飞上箭靶，正中红心，牢牢插在原先二箭之间。三支箭紧紧攒在一起，正合景公三箭同心的要求。

景公同众人一起喝起彩来。比起前面二箭射中红心时景公只微露笑意的情景大不相同。

孙书、孙凭见齐景公露出高兴的样子，心里这才一块石头落了地，也舒心地笑了。

热闹的婚礼场面过去了。这天晚上，书房里，孙书和长卿祖孙相对。孙书并没有因为白天景公对小孙子的夸奖而喜形于色，相反，他脸上带着深沉的思虑，心想：“周天子自身难保，更不用说施令分封的各国诸侯。如今天下纷争，战争没有尽头，生在乱世，又为武将，寄身锋刀，生命多么脆弱!”

孙书长长叹了口气，对长卿说：“我和你父亲两代从军，实在不想让你再习武了。这些年，我用心良苦，只

让你闭门读典籍史册，不让你接触兵事，没想到你还是沉迷其中啊。”

孙书沉思了一会儿，又接着说：“唉，既如此，也只好顺其自然。你既然一心向武，就给你取名武吧，长卿做你的字。”

“噢——，以后我就叫孙武了，这名字真响亮！”孙武满心高兴，连忙跪下感谢祖父赐名。

四、望孙成龙

按照周制，公卿大夫家的子弟，八岁即入学接受教育。孙书望孙成才心切，不待孙武年满八岁就把他送进官学，年满十五岁之后，开始授以射御的课业。孙武勤学苦练，又特具灵性，所以射御、剑法均已超群，极受学官的看重。这官学中都是公卿子弟，大多骄横跋扈，哪有几个肯下苦功学习的，这样一来，孙武更显得出类拔萃。

新任学官仉百鸟是栾氏家的食客，为人圆滑，不学无术，更难驾驭这班刁头顽主。孙书见换了学官，唯恐在此贻误了孙武的课业，便带他一同去采地乐安。乐安虽是偏僻之地，但土地肥沃，民风淳厚，又有海河之便、渔盐之利，倒是一个丰饶重礼之乡。孙书将家中所藏的典籍尽皆带到乐安，专辟出

一间书房供孙武攻读。

此时的少年孙武自觉剑法纯熟，射御之术也不在人下，哪里还能闭门于书斋，埋头于策简之中，一种按捺不住的青春勃然之气直待迸发。一日他见祖父心情尚好，便说："祖父，每年春冬两季的田猎之会，我听说高、栾两家的子弟都去观看，我为什么就不能参加？"

"你为何要去观看田猎之会？"

"听说田猎之后，有大夫子弟比武！"

"咳，这田猎之会，本是周王在农闲时节，会集群臣田猎，以示不忘武备，同时祭告宗庙祈求上天保佑的一种礼仪。到后来，田猎的深意逐渐被淡忘，只不过做做样子而已。如今的诸侯之君连做样子的事也不办了，更不用说比武了。再说你小小的年纪能与谁家比武？"

"祖父，栾家的两个门客都能叫我制服呢，要比武的话，那栾、高家的人都不是我的对手！"孙武说着显出得意、自信的神情。

"孙儿，你天天吵着比武，这武功对你有何用处！"

"练好武功，要像祖父一样，做驰骋疆场的大将，为国建功！"

"噢，你有这个志向，倒也不愧是将门之后。只是，一个人只有武功，不过是匹夫之勇。要做大将，为国建功，要有谋略才行。"

"谋略，什么是谋略？"

“谋略就是出奇制胜之法!”

“祖父为何不教我这些出奇制胜之法?”

“这些谋略，先人已经写成兵书，叫你先学好六书，正是叫你能够阅读这些典籍。我一生虽是身经百战，尚自缺少谋略，何况是你呢?”

此时孙武才知道，要做大将，武功尚不足道。

祖父的一番话，将孙武带入一个崭新的境界。他心情急切，紧追不舍地说道：“这谋略应该如何掌握，你就讲讲吧!”

孙书看着孙武那焦急的样子，喜不自胜，爽快地说：“也好，那就讲讲黄帝战蚩尤的事吧。相传古时有一天下之王叫轩辕黄帝，东、西、南、北四方的太昊、少昊、炎帝和颛顼均受其管辖。此时，南方的黎苗之族中有个叫蚩尤的酋长，他有81个兄弟，个个是铜头铁额、人面兽身……”

孙武惊奇地问：“铜头铁额，这是什么样的人啊?”

“这都是传说罢了。这蚩尤八十一个兄弟个个手执长弓大戟，勇猛异常，又有无数兵众，蚩尤自以为天下无敌。蚩尤本是炎帝的后代，他用阴谋夺了炎帝的王位，而且暴虐百姓，为所欲为。黄帝得知后勃然大怒，会合天下诸侯前去征讨。蚩尤自恃将勇兵众，气势汹汹地来找黄帝决战。黄帝手下有个大臣叫风后，此人深通谋略，他叫黄帝故意后退，把蚩尤引得远离穴巢进到北方生疏

的地形后再战。最后两方在涿鹿相遇。那一天狂风大作，天昏地暗。风后早就做好了指南车，引导大军向蚩尤进攻。蚩尤被大风刮得迷失方向，被黄帝打得大败而逃，但蚩尤仍不甘心，又请巨人夸父帮助，以猛兽为军，向黄帝反扑。此时风后正在九天玄女处听讲兵法，所以黄帝又被蚩尤打败。风后听说，赶回军中，以九天玄女之法练兵列阵，与蚩尤再战。黄帝又制夔皮战鼓以助军威，那震天的鼓声把猛兽吓得四散逃奔，那严密的军阵像泰山压顶一样逼来，蚩尤溃不成军，逃出不远就被黄帝捉住，同夸父一起被斩首。风后立了大功，被黄帝封为丞相。传说黄帝为兵法之祖，其实都是风后的谋略。后来风后就把这些出奇制胜的谋略写成了兵书《握奇经》。传说此书为太公尚所得，因为他深得《握奇经》的精髓，所以用兵如神，辅佐周王打出天下。”

“祖父，那太公尚是如何用兵如神的？”

“这些不能讲得太多，你要领悟其中的道理才行！”

孙武眨了一下眼睛，略一思索，说道：“祖父，黄帝战败蚩尤，这就是谋略胜于勇力吧？”

“对，军事的胜负决定于谋略，你能记住这些，将来定有作为。今天就到此为止，你快去读书。”

孙武听完，长长地舒了一口气，虽然意犹未尽，却也只好遵命。只是那竹简上的文字像是一些跳跃的兵士，在眼前晃来晃去，心中不断地重复着“谋略”这两个字。

战争的胜负靠的是谋略，相比之下，武功和勇力原来是不足道的。

从此，那用兵如神的姜太公一直萦绕在孙武心中，恨不得立即叫祖父把太公的谋略讲给他听。但他知道祖父的脾气，所以不敢过分纠缠，只好等待机会再说。

一日，晋国大夫屠蒯来访孙书，两人在屋中侃侃而谈。孙武在窗外听了一会，原来是议论晋楚争霸的事。孙武不敢进去打扰，只待送走客人，才乘祖父的余兴又提出请求：

“祖父，太公运用谋略的事，何时讲给我听？”

孙书捋着胡须，沉思着说：“太公一生丰功伟绩，从何说起呢？”

“就说用兵的谋略！”

“太公用兵的谋略很多，就说助武王灭商纣的牧野之战吧。那时殷商已有六百年的基业，根深蒂固，疆域广大。商纣王才思敏捷，膂力过人，空手能与猛兽格斗。”

“这纣王也是个聪明勇武的君主了！”

“不，纣王是王不是君，只可惜他的聪明用于拒谏饰非，勇武用于暴虐天下。朝中奸佞得宠，忠良遭难，直闹得怨声载道，民不聊生。纣王的一些近臣、亲族不惜以死劝谏，纣王却是毫无悛改。周武王以奉行天道为己任，在孟津会合天下诸侯征讨商纣王。传说当时有八百诸侯拥护武王，其实当时的兵力除武王亲自统率的虎贲

七千人之外，诸侯之兵合起来只有四万余人，可商纣王却有七十万大军。”

“啊，七十万大军，那武王如何能够抵挡!”

“是啊，七十万与四万之比，确实是强弱悬殊。当时两军陈师于牧野，武王亲作《牧誓》陈述纣王的罪恶，激励三军将士，申明纪律，然后左手持黄钺、右手执白旄，指挥大军以战车方阵向敌军进击。纣王之军虽然众多，但多为逼迫而来，士气低落，人心离散，一经交战立即溃逃，有的甚至调转矛头向纣王杀来。此时纣王方知大势已去，逃回朝歌登上他那整日寻欢作乐的鹿台自焚而死。从此商亡而周兴。”

孙武听了有些失望，原以为周王灭商有许多惊心动魄的争斗，想不到只是一战即溃而已，他不解地问：“祖父，这哪里有姜太公的谋略?”

“真正的谋略是不露形迹的，战场上虽然没有看到太公的谋略，但这一战灭商的胜利却因太公的谋略而成。这就是太公所说的‘先谋后事者昌，先事后谋者亡’。从来战争的胜负都是战前植其根，战场有其果呀。在牧野之战前，太公就以谋略摧毁商朝的根本。”

“祖父，太公究竟实施了一些什么谋略?”孙武有些急不可待地追问。

孙书伸着指头说：“其一，‘养其乱臣以迷之，讲美女淫声以惑之，遗良犬名马以劳之’。纣王本已荒淫无

度，这样投其所好，使他更加骄纵堕落。其二是‘收其内，间其外’，使商朝的君臣之间更加离散，像微子那样的大臣竟然也跑到武王一边。这样一来，朝中大臣对纣王就彻底失望了。其三，宣传纣王的罪恶，争取外臣的支持和诸蛮归附，壮大武王的势力。待太公这些谋略奏效，商朝的根基已完全腐烂，所以牧野一战，如摧枯拉朽，一举灭商。胜负虽显于战场，但定大局还是靠背后太公的深谋远虑呀！”

孙武听了，觉得眼前的景象豁然开阔，年轻的面孔上显出深邃、凝重的神情。他喃喃地说：“噢，太公的谋略真是深远啊，这就是诗中所说的‘牧野洋洋，尚父鹰扬’吧？”

“正是。太公有开国之功，所以被武王尊为尚父，后来将他封于齐地，成为齐国之祖。”

“祖父，太公的这些谋略，只有口传，没有记之于策简吗？”

“有《太公兵法》一书，就是你在大王面前所说的《六韬》。刚才我所讲的灭商之谋，就是这兵法《六韬》中的《文伐十二节》。此书久已失传。不过，我想也只是散乱于齐国吧，谁能留心收集研讨，必能成就大器！”

此时的孙武思绪澎湃，仿佛在祖父指引之下登上了一座山巅，眼前展示着更绮丽的风光。他觉得有了更深的领悟。

“祖父，看来只要掌握兵法，深通谋略，就可以无敌于天下了？”

“那却未必！”

孙书这句话犹如一盆冷水，使孙武一时又陷于迷惑之中。他不解地说：“那黄帝之胜、周朝之兴不就是靠的风后和太公的谋略吗？”

“这其中的兴亡之道，看来你还没听得出来！”

孙武对着祖父点点头，仰起脸期待着他的解答。

“黄帝和武王都是英明之主，他们的事业上合天意，下顺民心，自然会得到天下人相助，必能有贤德之人来辅佐他们，所以风后、太公得以重用。蚩尤、纣王都非平凡之辈，但他们逆天而行，荼毒天下，必然败亡。像纣王朝中也有许多的贤臣良将，可纣王却以肉醢（hǎi）和炮烙之刑来对待他们，天下人都成了他砧板上的鱼肉，天下人也以纣王为仇寇。所以说，顺天意就是最好的谋略；逆天而行，失尽人心，还有什么谋略可言？这就是其中的兴亡之道！”

孙书看了看孙武，又接着说：“当年桓公用管仲为相，成就了霸业。综观管仲之谋，无不是顺天意应民心之举。”

“祖父，管仲与姜太公相比如何？”

“这如何能相比呢？不过贤臣的谋略多有相通之处。当时王室不振，戎狄侵扰，诸侯中欺诈杀夺之事频出，

甚至发生了郑将祝聃射周王之肩的事。天下大乱，谁来维持？管仲给桓公出谋：尊王室，攘夷狄，领导中原诸侯作拨乱澄清之举。因此得到天下人的拥护。然后又内修国政，广收贤士，实行富国强兵之策。对外则倡导信义，作衣裳之会，又遣使四方，结好邻国。所以诸侯共推桓公为中原盟主，周王也授以辅佐王室之任和征伐之权。当时齐国虽然强大，却不轻易用兵。如用兵则攻无不克，战无不胜，伐山戎，平晋乱，威震天下。那时的齐国之民无不扬眉吐气，倍感荣耀。”说到这里，孙书沉下脸来，叹了一口气说：“可如今的齐国，内忧外患，难有昔日的强盛了。唉，不说这些也罢，只盼着孙儿以后有所作为，振兴国家。”

五、祖孙出猎

孙武十五岁时，已长成一位气质非凡的翩翩少年。那时正值诸侯之间纷争残杀、新旧势力相互抗衡的历史时期，是一个民不聊生的年月。孙氏家族属新兴势力的代表，孙武的爷爷孙书又深得国君齐景公的信任和宠爱，官至大夫，相当于将军一职。为了笼络民心，孙家向外借粮，以大斗借出，小斗收进的方式赢得民众的拥戴，许多人投在孙氏的门下，孙氏家族异常昌盛起来。孙氏家族的昌盛引起旧贵族奴隶主的嫉妒。齐国贵族栾氏、高氏暗中来往，他们对齐景公的统治不满，预谋要消灭孙氏家族，打击景公的力量。这个消息传到孙武的祖父孙书那里，孙书很是焦虑，便派了重兵驻守野狼窝一带。

贵族奴隶主栾氏、高氏分别居于齐国东

南富庶的地方，财力物资较雄厚。能不能敌过他们呢？孙书心中无有取胜的把握。孙武知道这件事以后，就对爷爷说："我们必胜无疑！"听了孙武的话，孙书会心地笑了。孙书深知孙武的才智过人。年少的孙武英武多智，他向来不说无根据的言语。但他毕竟还是一个未曾见过世面的孩子，孙武的话并未消除祖父心中的阴影。

孙武见祖父忧虑重重，为了宽慰祖父，一日他提议陪祖父去打猎，孙书痛快地答应了。爷孙俩带着家将，骑马来到野狼窝一带。野狼窝是天然的猎场，那里杂木丛生，遍地是面目狰狞的古柏或重髯垂面的怪柳。怪柳古柏犬牙交错，更衬出这地方的原始和古老。

到了野狼窝，孙书果真去了若干烦恼，凝神只顾猎兽。刚刚入林，便幸运地遇到一只野鸡。孙书在马背上早搭上了弓箭，拉满弓瞄准，手一抖，"嗖"的一声响箭飞出，那野鸡"噗"的声倒地气绝。

"好箭法！"小孙武喝彩，众人也喝彩。孙书笑笑，抖抖缰绳，又去寻觅追杀别的猎物。不到两个时辰，孙书便围猎到三只野鸡、一头獾。这之后又发现了一窝狐狸，共五只。五只受惊的狐狸拼命朝野狼窝西北方向逃窜。

孙书率十几人骑马尾随追赶。

西北方向也是疙疙瘩瘩的丘林，丘林中的树有密有疏，道路坎坷。追至五六里路，前面的林子树木越发茂

密起来，地势却低凹下去。再往前追，却不知不觉地追进一个大马槽子般的洼地里。孙书想，这下白追了，狐狸若窜出洼地，翻上凹地对面的崖子便不好追了。

就在这时，小孙武率几人突然出现在对面的崖岭上。几只狐狸急折过头来顺洼槽的一端狂奔，谁料一端槽凹处竟有几人迎面截来，是孙武布下的人。几只狐狸被前堵后追，怎能逃脱，早被孙书和手下人用弓箭和利器刺住，五只全部就擒。

孙书从马上跳下来，好奇地问孙武："孙儿怎么跑到我前面去了，你不是一直跟在我后面的吗？"

孙武笑着说："太公打死那头獾后，我便叫上几人来这方守候了。因野狼窝狐狸多，如果人多惊起它们，狐狸必往这方凹林中跑，孙儿早候在岭子上，又使几人伏在凹林两侧，狐狸跑进林子凹里，就等于跑进扎起的袋子里。"

孙书脑中一闪，若有所思。他突然一拍大腿，脱口道："我明白了。"

孙武笑问："您老明白什么？"

"孙儿约我来此狩猎，莫不是给我个启示——"孙书用手指着脚下这片凹林："难道不可以从这方布下一个阵吗？"

小孙武笑了笑，说道："栾氏、高氏如来攻击我们，若能将其引至这方，必同几只野狐下场相同。"

“可是，那栾、高二氏并非这几只蠢狐呀，这贼人怎会轻易入这凹地呢?”孙书抖了抖缰绳，望着这片凹林皱起了眉头。

“孙儿倒想出个计谋来。”孙武含笑对孙书说。

“啥计谋？快讲来。”

“便是在野狼窝建一个村落。”孙武脱口而出。

“建一个村落?”孙书眨巴着眼，大惑不解。

“对！建一个倾斜的村子。”小孙武一板一眼地道来，“这村子不朝正南不朝正北，不朝正东不朝正西，屋脊只朝这凹林子，屋门全朝东南方，再修一条由西北通向这凹林的路，路要窄，窄得只能进一辆战车。村落修建完毕，可令兵士乔扮成百姓驻守这方，若栾氏、高氏来攻，兵士装作乱成一团的百姓模样儿朝这凹林里逃，那时敌人必追，这凹林四面预先伏下兵马，不就大功告成了吗?”

听罢这番话，孙书恍然大悟，击掌连声赞妙。

孙书决定采纳孙武的计谋，立即行动。经过深思熟虑和周密安排，短短二十几日，从野狼窝岔路口处，按当时自然村落形式，斜着建造出若干排民房民宅，硬造出一片斜的村庄！

之后，精选一批兵士，扮作百姓模样住进村子里，又修一条通凹林地带的土路，且将另一条通孙氏家族防地的原官道设障堵住。一切均伪装得巧妙，便是当地人

入了这斜村，也会蒙头转向。

斜村修毕，孙武请求祖父拨给他两万弓弩手，两万短刀手，两万板斧手。弓弩手日夜操练弓箭术，刀斧手则努力练习在丛林里短兵相接的功夫。兵士们士气高涨，训练刻苦，功夫直练到炉火纯青的地步。

话说栾氏、高氏经过几个月的苦心策划，养精蓄锐，凑集十八万大军，浩浩荡荡朝这方开来。

栾氏、高氏坐在战车中谈笑风生，二人料定孙氏家族不足十万兵马，便是有防备也非十八万大军的对手。若铲除孙氏家族，乘机作乱，可以直逼齐国对付齐景公！

行军两日，大军已至孙氏采邑之内。距野狼窝二十余里时，忽听前边战鼓齐鸣，便见一队人马拦在了前面。一名叫孙中的大将持枪立于队首，怒目呵斥："大胆逆贼，胆敢冒犯俺这宝地，还不滚下马来受死！"

栾氏定睛一瞧，见前面人马不过两万，并不搭话，手中令旗一挥，手下两万余人马奔杀过去。两队人马好一通厮杀！厮杀中，高氏突又一挥旗，他手下又有两万余兵马冲杀过去。

孙中率兵且战且退，退至野狼窝斜庄处，一声锣响，两万兵马突然隐进四处的林丘之中。待栾、高二氏率军赶到野狼窝，早已不见了孙中及部下的踪影，只见前面一个空空的村落。进入村子，总觉得有些别扭，何处别扭，却道不出来。这时，派出去的探子来报：此村"百

姓”全朝村西北方潜逃。

栾氏、高氏立在战车中思忖、分析：“百姓”逃跑，一定朝城池逃。二人商议后当即决定，沿“百姓”逃跑方向追赶，直向城内进军。

“百姓”逃走的道路坎坷不平而且狭窄，又多杂树，栾氏、高氏率军趔趔趄趄往前行军，走了五六里路，几万人不知不觉地走进了凹地的丛林里。哪等栾氏、高氏反应过来，前面战鼓突然擂将起来。踏着急急的战鼓声，凹林对面猝然闪出两万弓弩手，为首者便是孙书和年少气傲的孙武。

只见孙书令旗一挥，千万支利箭刮风般铺天盖地朝凹林中栾、高二氏的兵马射来。凹林中的兵马猝不及防，随即人呼马嘶，成千上万的兵士死在箭雨之下，一时军心大乱，纷纷掉头后逃。后边栾氏、高氏气急败坏，挥剑压阵，将兵士逼拥过来。而孙书这方斗志高昂，弩手们拼力射箭。凹地里兵马怎抵得住三面齐发的万箭，兵马死伤惨重。

栾氏、高氏见状，急忙下令掉头回撤。可是这一带道路窄长，如何撤得出去？撤着撤着，突然又听战鼓齐鸣，丛林里又有数万刀斧手直杀过来，并将栾、高二氏的兵马截为两段，前面的兵马难顾其尾，只一味地窜逃。后边被截的兵马同孙书、孙武的兵马展开了一场血战。栾、高二氏遗下的兵马，哪是几万手持短刀板斧精兵的

对手？又有几万军卒死于刀斧弓箭之下，剩下万余人全部投降。孙书、孙武率三万精兵趁机一路追杀，直杀得栾、高二氏的败军丢盔卸甲，狼狈逃窜，遗下遍野的尸体。

栾氏、高氏此次进犯，损兵折将九万余人，而孙氏家族则取得空前辉煌的胜利，大大扩大巩固了孙氏家族的势力范围，增强了孙氏家族的力量，为后来配合田氏等平定栾氏、高氏之战奠定了基础。

六、鸿鹄之志

公元前 505 年，孙武已长成一个身材高大、体魄健壮、武艺高超、饱读兵书的青年。这时，他从武志向已定，踌躇满志，不甘于把青春年华浪费在国家内乱、兄弟相残的齐国。恰好，又听说在吴国有贤明国君招贤纳士，孙武决计去试一下。因此他收拾行装，带着一些兵法书籍离开齐国，直奔吴地。

孙武的这次出走是经过深思熟虑的，是依据当时的天下局势做出的决定。当时历史上的情况是这样的：孙子出生的齐国（今山东东北部）是由周成王的外祖父吕尚（即姜尚，民间习称姜太公）开创的姜姓国，本是一个东方大国。到了公元前 685 年～公元前 634 年齐桓公当政时，由于任用大政治家管仲为相，积极整顿国政，推行改革措施，军

事实力进一步增强，成为当时华夏各国中最富强的国家。公元前 679 年，齐桓公大会各路诸侯，歃血为盟，做了“九合诸侯，一匡天下”的一代春秋霸主。时隔百年，齐景公当政。由于他昏庸腐化，又好用断足的酷刑对付臣民，结果国势渐衰，霸主易位。这个时候，齐国内部卿大夫之间的争斗更趋白热化。孙子的先祖在这场争斗中，扮演了一个重要角色。

到孙武出世前，齐国内部已形成了田、鲍、栾、高四大家族。为了争夺权位，这四大家族之间互相倾轧、中伤，谁都想把对方搞垮，甚至吃掉。就在齐景公十六年（前 532 年），四族之间展开了一场激烈的厮杀。田、鲍两族联合起来打败了栾、高两族，把栾氏（栾施）、高氏（高疆）逐出齐国并瓜分了他们的家产。田族也就是孙子的大家族，从此在齐国权位日重。但齐国内部新老卿大夫之间为争权夺利而展开的武力行动并未结束。年青的孙武面对自己的国家国势渐衰的现状，又目睹了宗族之间的明争暗斗，特别是曾执掌齐国军事的叔祖田穰苴，因受诬陷，被齐景公排斥，郁愤而死的严酷事实，心灵受到极大的创伤。他为自己国家的前途、也为自己能否施展才华而感到忧心。他毅然辞别故土，南下奔吴。

地处南方的吴国，当时正处于上升发展时期。自“三以天下让”的泰伯和他的二弟仲雍远奔荆蛮，士人义之，拥立为君，建号“勾吴”以来，传位至第十九世孙

寿梦（吴王阖闾的祖父），吴国开始强盛起来，疆域扩展到千里以上（据传，吴王寿梦时吴国的疆域已扩展到今江苏省、上海市以及浙江、安徽、江西三省的一部，长江下游的太湖、洪泽湖、射阳湖、宝应湖以及鄱阳湖的一部分几乎全在吴国的疆域里），成为春秋末期可以与齐、晋、楚、秦、鲁等国抗衡的一支新的力量。寿梦有四个儿子：长子诸樊、次子余祭、三子余昧、四子季札。寿梦死后，诸樊、余祭、余昧三兄弟先后按序继位。余昧死，季札不愿承继，就由余昧的儿子州于（即吴王僚）继位。以后公子光即位，这就是吴王阖闾。阖闾是一个胸怀大志，求贤若渴，励精图治的人。阖闾即位以后，有不少当世英才投奔他，这次孙武奔吴，就有一个企遇明主，施展抱负的意思。

七、发愤著兵书

孙武对兵法有着执着的偏爱。在他熟读兵书之后，就想撰写属于自己特色的兵书。著书立说，这在列国纷争的春秋时期，已经形成一种社会风气。剧烈的社会变革，打破了“学在官府”的局面，孕育并产生了一批卓越的大政治家、大军事家、大思想家。比孙子稍早的老子（老聃，姓李，名耳，字伯阳，楚国人），创立了道家学说；与孙子同时代的孔子（名丘，字仲尼，鲁国曲阜人），则创立了儒家学说。孙子从这些谈及伦理道德、治国安邦、人生哲理的学说中汲取了丰富的养料，但他思考得更多的却是兵家之道。他从广泛接触社会、接触兵争的实践中，强烈地感到：列国纷争、图强称霸，靠的是军事行动；而成功的军事行动，则离不开好的兵

法指导。尽管古往今来各种兵法如《太公兵法》、《军志》、《军政》，已经先后问世；吕尚、季梁、曹刿、管仲等一批具有卓越才能的军事家相继出现，但正如孙子自己说的，“兵无常势，水无常形”（用兵打仗没有固定不变的模式，水流没有固定的形状），决定战争胜负既取决于民心、国力，也取决于谋略、策略。特别是进入春秋时期以来，随着社会生产力的发展和列国对兵争的重视，战争作为最重要的斗争方式，其规模和作战方式，已与过去不可同日而语。新兴的地主阶级为了向腐朽没落的奴隶主阶级夺取权力，迫切需要有能为本阶级服务的军事家提供从事战争的理论指导。因此，创立新的兵家学说，成了时代的需要。

孙子的出生地齐国，自古以来就是一个崇尚兵学的国家。自吕尚被封为齐侯以后，齐国享有周天子赐给的一种特权，就是可以代天子征伐有罪的诸侯。这种特殊的地位，促使齐国把发展军事实力作为立国之本，而军事大国的客观环境，又有力地推动了兵学文化和兵学传统在齐国的形成和发展。相传《太公兵法》即为吕尚所著；辅佐齐桓公建立霸业的管仲，也有杰出的军事思想；到齐景公时，齐国的大司马田穰苴，在对古代兵法进行深入研究的基础上，形成了自己精辟的兵学观点……。齐国早期的兵学文化和兵学传统，给年青的孙子留下了深深的印象，使他从中汲取了丰富的养料，为他日后撰

著兵法奠定了思想基础和理论基础。

孙子出身于军事世家。他的曾祖父田无宇、祖父田书，都是带兵作战的将领，具有丰富的军事素养和卓越的指挥才能；他的叔祖田穰苴，在齐国处于危难关头时，受命击退晋、燕两国入侵之敌，因此被齐景公任命为执掌齐国军事的大司马；此外，田氏家族中，还有不少人也都是出色的军事人才。把古代的军事思想和当时的战争经验认真总结、提高，创立新的兵家学说，这个历史重任很自然地落在了孙武的肩上。

如今，在吴国土地上，孙子呼吸到的是清新的空气，接触到的是静谧的环境，这正是潜心研究、撰著兵法的大好时机。因此，他在躬耕劳作之余，几乎把所有的时间和精力都放在了研究和整理兵学上。到阖闾三年应召见吴王之前，孙子终于完成了在齐国时就已孕育的兵法十三篇的初稿。这部兵学名著，就是后人所称的《孙子兵法》。全书近五千字。

八、千里马遇伯乐

孙武到达吴国，住在山清水秀的太湖边上，平日深居简出，潜心研究兵法。有时为了思考一个问题，通宵达旦，废寝忘食。有时进行调查研究，一个人带着干粮，到古战场进行实地考察。

时间一天一天地过去，孙武在耐心地等待，他所追求的是有朝一日能够施展自己的才能，实现自己的抱负。他把无限的希望寄托于新兴的吴国，寄托于贤明的君主。他深深地埋藏在心底里的这种心情和愿望，情不自禁地流露在自己撰著的兵法之中。他在兵法十三篇的《计篇》中申明说：哪一方君主政治清明，哪一方将帅更有才能，哪一方拥有天时地利，哪一方能够贯彻法令，哪一方武器装备精良，哪一方士卒训练有素，哪一

方赏罚公正严明，我依据这些，就能够判断出谁将取胜谁会失败。这充分显示了孙子对自己军事理论的高度自信和一显身手、建功立业的热切心愿。

在孙武的军事生涯中，不能不提到楚国将领伍员。伍员先于孙武到达吴国，是楚国的亡臣逃难到吴国来的。伍员到吴国以后，受到吴王的赏识，做了一名将军。孙武久仰伍员的为人和军事才能，伍员也对年轻有为的孙武十分欣赏，但两人同在吴国，却无缘相见。也可能是天意的安排，有一天，在孙武考察古战场的时候，遇到了带兵巡视的伍员。二人长谈竟夜，相见恨晚。这时，伍员已经决意向吴王阖闾推荐孙武。正因为伍员的这一番推荐，使孙武干出了惊天地、泣鬼神的业绩，也使一个弱小的吴国成为东周五霸之一的强国。

伍员，字子胥，楚国人。他有一段曲折的人生经历。父亲伍奢是楚国重臣，身居太子太傅（太子建的老师），以敢于向君王直谏而闻名。可悲的是，楚平王同时起用了一个人做少傅，这人叫费无极，是一个居心叵测的谗佞小人。他先用秦国美女向好色的楚平王献媚，以后就“日夜言太子之短”，离间平王与太子建的父子感情，后来又唆使楚平王废黜并欲诛杀太子。伍奢知道后，竭力进谏并痛斥费无极的无耻行径。昏庸的楚平王不仅不听忠告，反而把他投进监狱。伍奢有两个儿子：长子叫伍尚，次子就是伍子胥。伍子胥“为人少好于文，长习于

武”，是一个“文治邦国、武定天下”的杰出人才。费无极生怕有朝一日太子建当政，自己阴谋暴露，罪责难逃，就怂恿楚平王以伍奢为人质，诱使他的两个儿子前来都城，以便一网打尽，斩尽杀绝。楚平王听了费无极的计策，立即派使者带上封函印绶和伍奢手书前往诈召。俗话说：知子者莫若其父。伍奢深知两个儿子的性格、情感和志向，知道大儿子伍尚为人宽厚仁慈，见了他的手书，定会前来；而次子伍子胥，能够忍辱负重，成就大事，他知道来了一起被擒，势必不来。果如所料，伍尚怀着“岂贪于侯，思见父耳，一面而别，虽死而生”的心情和决心，应召随使者赶到郢都，后来与父亲伍奢一起含冤被杀。伍子胥则匆忙逃离楚国。就在出逃途中，他得知父亲和兄长“俱戮于市”的消息，悲痛不已，立下了“复楚辜，以雪父兄之耻”的誓言。

吴王僚五年（前 522 年），经过辗转跋涉，伍子胥终于摆脱追兵，脱离险境，来到吴国。不久，被诸樊的长子光（即阖闾）看中。就在退耕于野、寻找勇士以帮助阖闾谋夺王位的日子里，他结识了孙子。两人虽然素昧平生，但同是天涯沦落人，共同的理想和抱负，使他们俩很快成了知心朋友。从相互坦诚的交谈中，伍子胥发现孙子是一位兵学造诣很深的人，也是一位可以帮助他报仇雪恨和成全吴国霸业的将才。孙子也觉得伍子胥具有雄才大略，是一位可以信赖和合作共事的兄长。两颗

炽热的心碰撞在了一起。

公元前 515 年，吴国发生了一场宫廷政变。这就是政变后做了吴王的阖闾（又作阖庐），在伍子胥帮助下，经过精心策划，趁吴王僚的两个兄弟盖余、烛庸率军在外和他的叔父季札出使晋国的机会，设下圈套，邀吴王僚来家中品尝炙鱼。吴王僚因与阖闾是同族兄弟，欣然前往，为防万一，特地内穿三层坚甲，贴身侍卫形影不离，并命人从宫门到阖闾家门布满甲士，加强戒备。席间，阖闾按照原定方案，以足疾为名，退入内室。此时，由他收买的勇士专诸经搜检更衣之后，膝行而入，进献炙鱼。就在吴王僚俯首察看的一刹那，专诸突然抽出暗藏在鱼腹中的锋利匕首，猛地刺向吴王僚。吴王僚猝不及防，当场被刺身亡。随从士卒，也全被伏兵杀死。阖闾弑僚自立后，唯恐“国人不就，诸侯不服”，实行了一系列“任贤使能，施恩行惠，以仁义闻于诸侯”的措施，任用伍子胥为“行人”（主掌朝觐聘问事务的大臣），让他参与谋政。阖闾并接受伍子胥提出的“立城郭，设守备，实仓廪，治兵库”的建议，兴筑阖闾大城（即今苏州城），同时，大搞水利建设，发展农桑经济，加紧振军经武。阖闾自己更是身体力行，体恤百姓。经过三年的君臣同心，艰苦创业，吴国国力大增。兴师伐楚、逐鹿中原、争霸诸侯的时机成熟了！

阖闾三年（前 512 年），吴王阖闾心中涌动着攻伐楚

国的欲望。这时的楚国兵多将广，比吴国强大得多，而吴国比楚国弱小，要发兵攻打楚国，必须有良将才行啊。眼下吴国谁能担当此任呢？伍员虽说可以，却是楚国人，自己放心不下。阖闾左思右想，一时拿不定主意。伍子胥因急于要报楚平王诛杀父兄之仇，所以他时时观察阖闾的思想变化，在阖闾面前，多次毛遂自荐，表示可以担当伐楚重任。阖闾呢？心中却自有盘算，他一心想攻伐楚国，不仅仅是为了报过去吴、楚之仇，而且是为了图强并争当列国霸主。他担心伍子胥积极主张伐楚，是出于个人动机，这样的话，他的图强争霸的夙愿岂不要落空？一天，阖闾登上高台，面风而立，陷入沉思，不时发出叹息声。周围许多大臣猜不透阖闾的心思，唯有伍子胥心里明白：尽管我为他谋夺王位出力效劳，现在又重用我，但我毕竟是楚国亡臣，虽多次自荐，愿当伐楚重任，他还是不放心！他今天久久沉思，长吁短叹，根子在于还没有找到一位他认为合适的将帅呀！此时此刻，不正是荐引孙武的好机会吗？于是，伍子胥趁与吴王阖闾谈论用兵之道的机会，向阖闾推荐孙子。起初，阖闾并不在意，也没有表态，伍子胥就瞧准机会屡次三番地向阖闾推荐，先后六次，都没有引起吴王阖闾的兴趣。伍子胥显得有点灰心丧气，不过静下心来一想，这件事还不能着急，也许话还没说到阖闾的心里去。

九、吴宫献计十三篇

吴王阖闾因为伐楚之事没有理出个头绪来，心情暴躁，看着谁都不顺眼，觉也睡不安稳。这天伍子胥又来拜访，二人又谈起用兵之道，说到阖闾高兴的时候，伍子胥又婉转地谈到了孙武，这是第七次向吴王推荐孙武了。

“大王，您的心腹事还是伐楚之事?”

“是。”

“您的顾虑是楚国兵多将广?”

“我们吴国除你一人之外，别无良将。”

“大王此言差矣。”

“这话怎讲?”

“还有一人胜我十倍!”

“谁?”

“孙武。”

“又是孙武，你不是讲过多次了吗?”吴王阖闾紧闭双眼，显然对此不感兴趣。

“大王，孙武绝非等闲之辈，精通谋略，有鬼神不测之机，天地包藏之妙，著有《兵法十三篇》，更是治国安邦的锦囊妙计。若得此人，楚国可破，吴国可强盛；如若做不到，臣愿以身家性命担保!”说到激动之处，伍子胥涨红了脸。

“听你所言，此人非见不可了?”

“大王您思贤若渴，此人已到家门口，不可错失良机。”

“那就由你代劳，专程去向孙武说明。”

伍子胥见吴王答应见孙武，赶忙辞别吴王，坐上四轮马车，直奔孙武的住处，向孙武说明吴王是多么的贤明，多么想见孙武，并约定见吴王时，要带上《兵法十三篇》。

送走伍子胥，天气已经很晚。孙武掩上房门，点上蜡烛，又把厚厚的一叠兵书摆在桌上，细细翻阅，细细地琢磨。几年的心血，几年的操劳，终于见了成果，心里又是高兴，又是担忧。高兴的是自己写成的兵法有了用武之地，担忧的是兵书如若被不义之徒利用，则会祸国殃民，成为千古罪人。想着想着，直到天快亮的时候才朦胧睡了一会儿。

第二天一大早，伍子胥专门派了一辆马车来接孙武。

虽说是去见一国之君，孙武还是一身布衣，只不过是洗整得十分洁净罢了。

孙武来到吴王王宫，阖闾迎出门前。宾主寒暄一阵坐定之后，吴王见孙武如此年轻很是高兴，孙武见吴王礼贤下士，也打心眼里佩服。伍子胥见气氛和谐，心里也就松了一口气。

“听伍子胥多次讲到你很有军事才能。”先是吴王阖闾开口。

“大王过奖了，臣乃布衣之士。”孙武谦虚地作答。

“听说你著有《兵法十三篇》，能不能让我读一读啊！”

“可以。”孙武一边说着，一边把兵书一一献上。

吴王接过兵书，简单翻阅了一下，就对伍子胥说：

“伍将军，请把《兵法十三篇》一一念给我听听。”

“是。”伍子胥走上前去，把兵书按顺序，从第一篇《始计》起，翻着竹简一片一片地念下去。每念完一篇，吴王阖闾都朝孙武赞叹不已。

这十三篇的主要内容依次是：

一、计篇——着重讲了战争决策指导者应该慎重对待军事行动，战前应对敌我双方政治、经济、军事、天时、地利以及将帅才能作客观的分析、对比，以此作出胜与负的估计和是否采取军事行动的决心。同时，强调了战争决策指导者应以“利”为最高宗旨，发挥主观能

动性。在本篇中，孙子主张：“兵者，国之大事，死生之地，存亡之道，不可不察也”（战争是国家的大事，它关系到军民的生死，国家的存亡，不可不认真考察和慎重对待）；“多算胜，少算不胜”（战前正确分析估计，筹划周密，就能取胜；战前少作分析估计，筹划又不周密，就会失败）。

二、作战篇——着重讲了发起战争必须速战速决，避免旷日持久，耗时损力。在本篇中，孙子主张：“兵贵胜，不贵久”（用兵作战，贵在速战速决，不宜旷日持久，久拖不决）；强调：“夫兵久而国利者，未之有也”（战争行动长期拖延而对国家有利的情形，是从来没有过的）。此外，孙子还提出了“取用于国，因粮于敌”的观点（武器装备靠国内供给，军粮、马饲要着眼于从敌人那里补给）。

三、谋攻篇——着重讲了谋划攻战的策略，尤其注重智谋攻取和全胜谋略。在本篇中，孙子主张：“上兵伐谋，其次伐交，其次伐兵，其下攻城”（上策是挫败敌人的谋略，其次是挫败敌人的外交，再次是击败敌人的军队，下策就是攻打敌人的城池）；“不战而屈人之兵”（不经交战而能使敌人屈服）；“必以全争于天下”（一定要用全胜的谋略争胜于天下）。篇中孙子提出的“知彼知己者，百战不殆”（既了解敌人又了解自己的将帅，每战都不会存在失败的危险），成为历代兵家的至理名言。

四、形篇——着重讲了应依据敌我双方物质条件的优劣和军事实力的强弱，灵活采取攻与守两种作战形式，以夺取战争的胜利。在本篇中，孙子主张：“先为不可胜，以待敌之可胜”（先要创造条件，不被敌人战胜自己，然后等待可以战胜敌人的机会，抓住时机去战胜敌人）；“不可胜者，守也；可胜者，攻也”（要不被敌人所战胜，就要采取严密的防守，不给敌人以可乘之隙。要战胜敌人，就要采取进攻的手段）；并提出“胜者之战民也，若决积水于千仞之溪者，形也”（军事实力强大的胜利者指挥军队同敌人作战，就像在万丈悬崖上决开山的积水一样，一泻千里，所向披靡，这就是军事上所谓“形”的生动体现）。

五、势篇——着重讲了军事指挥者应根据作战意图，部署兵力，把握战机，运用恰当的阵法，造成以强击弱的态势，去打击以至战胜敌人。在本篇中，孙子主张：“故善战者，求之于势，不责于人，故能择人而任势”（善于用兵打仗的人，总是设法创造有利的态势，而不对部属求全责备或寄希望于敌人的失误，所以能够选择得力的人去创造有利的态势）。并提出：“凡战者，以正合，以奇胜”（一般的作战，通常是以“正”兵当敌，以“奇”兵取胜）；“奇正相生，如环之无端，孰能穷之”（“奇”、“正”之间相互转化，如同顺着圆环旋转而无始无终，有谁能够将它穷尽呢）？

六、虚实篇——着重讲了两军相争，要避实击虚，应变趋利。在本篇中，孙子主张："兵之形避实而击虚"（用兵的规律是避开敌人坚实之处而攻其薄弱之处）；"能因敌变化而取胜者，谓之神"（能够依据敌情变化而克敌取胜者，就是用兵如神）；"出其所不趋，趋其所不意"（出击敌人所无法急救之处，奔袭敌人所意想不到的方向）。

七、军争篇——着重讲了争取战争主动权的困难和方法。在本篇中，孙子主张："故兵以诈立，以利动，以分合为变者也"（用兵打仗应以诡诈多变取胜，根据全胜的原则决定自己的行动，以兵力的分散和集中进行变化）；"以迂为直，以患为利"（把迂曲作为实现近直的手段，将患害作为取得利益的条件）；要"避其锐气，击其惰归"（避开敌人初来时的锐气，在其士气懈怠衰竭时才去攻击它）；"以近待远，以逸待劳，以饱等饥"（用自己靠近战场和静候等待的优势，去对付远道而来已处于疲惫的敌人；用自己的饱食之师，去对付饥饿的敌人）。

八、九变篇——着重讲了在军事行动中应随机应变，趋利避害。在本篇中，孙子主张：作为一个战争指挥者，应"通于九变"（精通各种机变、变通、转化。"九"，是多的意思）；"智者之虑，必杂于利害"（聪明的将帅考虑用兵作战时，必须兼顾利与害两个方面）。

九、行军篇——着重讲了军队在不同的地理条件下

如何行军作战、安营扎寨和判断敌情。在本篇中，孙子主张："兵非益多也，惟无武进，足以并力、料敌、取人而已"（打仗不在于兵多，只要不轻敌冒进，并能集中兵力、判明敌情、取得部下信任和支持，也就足够了）；对待部下，要"令之以文，齐之以武"（用怀柔宽仁的手段去教育，用军纪军法的手段去管束）。

十、地形篇——着重讲了地理环境与战争活动的关系。在本篇中，孙子认为："夫地形者，兵之助也"（地形是用兵取胜的辅助条件），主张："知天知地，胜乃可全"（懂得天时、地利，胜利就有了完全的把握）。

十一、九地篇——着重讲了军队在不同战场地形条件下作战的基本指挥原则。在本篇中，孙子把战场地理分为"散地"、"轻地"、"争地"、"交地"、"衢地"、"重地"、"圮地"、"围地"、"死地"九种。主张："九地之变，屈伸之利，人情之理，不可不察"（九种地形的应变处置，攻防进退的利害得失，官兵上下的心理状态，所有这一切，都是将帅所不能不周密考察的）。

十二、火攻篇——着重讲了把火攻作为进攻制敌的手段，强调慎战和合于利而动的作战指导原则。在本篇中，孙子把火攻分为"火人"、"火积"、"火辎"、"火库"、"火队"五种。主张："凡军必知有五火之变，以数守之"（军队必须了解五种火攻方式，按照气候变化规律，等待实施火攻的条件）。同时强调："主不可以怒而

兴师，将不可以愠而致战”（君主不可因一时愤怒冲动而发动战争，将帅不可因一时含怒怨恨而出阵求战）；认为“亡国不可以复存，死者不可以复生。故明君慎之，良将警之，此安国全军之道也”（国亡就不可能复存，人死就不能再生。所以，英明的君主要谨慎行事，高明的将帅应时时警告自己，这是安定国家、保全军队的根本方法）。

十三、用间篇——着重讲了离间手段和使用间谍在军事决策和军事行动中的重要性。在本篇中，孙子把用间分为“因间”、“内间”、“反间”、“死间”、“生间”五种。主张：“三军之事，莫亲于间，赏莫厚于间，事莫密于间”（在军队的各项事务中，用人没有比间谍更亲近的，奖赏没有比间谍更优厚的，行动没有比间谍更隐秘的）；“能以上智为间者，必成大功。此兵之要，三军之所恃而动也”（能用智慧超群的人做间谍，就一定能建树大功，这是用兵最重要的一环，整个军队都要依靠用间谍所得来的情报来决定军事行动）。

伍子胥念完孙子《兵法十三篇》，吴王阖闾已对孙武十分折服了。想不到一个年轻人竟有如此雄韬大略。他似乎从兵法中看到了吴国的希望，脸上露出了满意的笑容，面对孙武说：

“孙武，你的兵法写得很好，就留在宫中吧！”

“禀报大王，《兵法十三篇》献给大王，可我有一事

说明。”孙武说。

“讲。”

“将听吾计，用之必胜，留之；将不听吾计，用之必败，去之。”意思是说，你听我的计策，用之必胜，我会留下来；你不听我的计策，你就会失败，我就会离开吴国，到别的国家去。

听罢孙武的一番话，吴王阖闾大吃一惊，心想，这个年轻人竟如此大胆，敢对我不恭，这可是宫廷中从来没有过的事情！他正要发火，伍子胥见势不妙，忙走到吴王阖闾身边说：

“孙武年轻气盛，不要怪罪。”

吴王阖闾瞪了孙武一眼，想到吴国的大业，正在用人之时，不可计较。就对孙武说：

“听你的计策，你就留下吧。”说完起身走了。

伍子胥赶忙走到孙武面前，带有责备的口吻说：

“你怎么这样说呢?”

“我怎么说呢？我说的都是实话。”

孙武也显得不太高兴。

“既然吴王留下你，咱们二人就可以共事了，走！咱们两人去喝几杯!”显然，伍子胥是为了圆场。孙武默默不语，跟着伍子胥出了吴宫。

十、试兵法怒斩两姬

见过孙武以后，吴王阖闾十分欣赏孙武的才华，但对孙武的性格却从心里打怵，认为难以驾驭这个年轻人。这时阖闾的心里是矛盾的：不用孙武吧，伐楚无望；用孙武吧，还要听他的，还要我这个国王干什么。好在吴王还是爱才，不然的话，恐怕孙武也成了刀下之鬼了。

吴王阖闾把孙子的《兵法十三篇》又细细读了一遍，掩卷思考，觉得兵法写得好，但兵法是不是像孙武说得那么神，就有点半信半疑了，再说对孙武也只是一面之交，孙武这个年轻人到底有什么本事，自己还不了解，还要进行考察。若孙武真是将才，也是吴国的福气，若只会纸上谈兵，也就顺水推舟，只让他当个谋士算了，这也不薄伍员的一片好心。想到这里，决定召见孙武。孙武拜见吴王，吴王赐座。

吴王问孙武：

“你的《兵法十三篇》，确有通天彻地之妙，但恨寡人国小兵微，不知该怎么办?”

“我的兵法，不但可用于男兵，也可训练女兵，按照我们军令，女兵也可以为国打仗，如果有女兵参战，吴国的兵力不就强了吗?”孙武答。

吴王听后大笑：“真是天下奇闻，哪有训练女兵们打仗的?”

“大王如若不信，可用后宫女侍当面训练，如若不行，臣当请罪!”孙武说。吴王阖闾立即下令组织三百宫女让孙武操练。

不多时，只见参加操演的三百名宫女，个个身披甲胄，头戴兜鍪，右手操剑，左手执盾，聚集在吴宫的玺囿，等候孙子升帐。阖闾也早早地在大臣们的簇拥下来到将坛。

操演就要开始了。孙武趋步来到阖闾面前，小声禀报：

“大王，布阵、习武，如同实战，要有章法，望大王指派二名宫姬，担任队长，然后号令方能贯彻。”

“可以。”吴王阖闾经过考虑，决定让自己最宠爱的二名侍妾当队长。

“大王，军旅之事，不可儿戏，必须先严号令，次行赏罚。虽是小试，也不可废。请大王任命一人为执法官。”孙武接着又向阖闾禀报。

“可以。”

部署完毕，孙武走进操演场地，把参加操演的三百名宫女分成左、右两队，并宣布吴王的两名宠姬分别担任左、右两队队长。布阵结束，孙武向两队发问：

“你们知道自己的心、左右手和背的位置吗？”

“知——道——”吴王的两名宠姬连同列队的一班宫女，觉得孙子这个人问得可笑，便不紧不慢地拖长了声调回答。

“好！等一下发令时，我说向前，你们就朝心口所对的方向；我说向左，你们就朝左手所对的方向；我说向右，你们就朝右手所对的方向；我说向后，你们就朝背面所指的方向，一切都以鼓点为准，不得违误！大家听明白了吗？”

“明——白——了——”

孙武随即命令随从士卒把预先准备好的斧钺（古时兵器，形似大斧，通常用来象征军权和执行军法）排立起来。接着，又把规定的动作要求和军中的纪律复述了一遍。然后，令操鼓的士卒击鼓。这班宫女，特别是吴王阖闾的两名宠姬，平日里在宫中撒娇嬉笑惯了，根本不把孙武放在眼里，以为今日奉命参加操演，不过是为

了让吴王换个新鲜，闹着玩的。因此，当孙子随着鼓点发令时，两队队长和这班宫女只觉得非常有趣，没有几个按照规定的动作去做，相反，队伍中发出了一阵阵嬉笑声。

孙武神情变得严肃起来，庄重宣布："为将练兵，规定交代的动作没有让你们听明白，申述的命令没有能使你们熟记在心，我作为受命于君王担任操演的指挥，这是我的过错。现在，我把规定的动作和号令再向你们交代清楚，大家务必遵令行事。"说完，孙武亲自操锤击鼓，重新发令。吴王阖闾的两名宠姬和这班宫女，依然把孙武说的话当作耳边风，掩口嬉笑不止。这时，只见孙武双目怒张，发上冲冠，大声呵斥：

"规定的动作没有交代清楚，宣布的号令没有让你们明白，这是将帅的过错。既然已经三令五申了，仍不遵令而行，那就是士卒的罪过了！执法官：依照军法，该怎样处置?"

"当斩!"站在孙武旁边的执法官应声回答。

"号令不行，罪在队长！来人，把左、右两队队长拿下，就地斩首示众!"孙武声如雷鸣。身边的士卒见孙武发怒，不敢违令，一拥而上就把两名队长绑了。阖闾正在将坛上看孙武布阵操演，忽然见到自己的两名宠姬被绑了起来，料想不妙，急忙派侍者赶到操演场地，向孙武传达自己的旨意："寡人已经从刚才的布阵中知道将军

善于用兵了。请把她们放了。寡人要是没有这两名爱妾，就会食不甘味啊！”孙武听了，要使者回将坛向吴王转达：“军中无戏言，外臣已受命操演，将在军，君王的命令可以不受！”接着，下令斩了吴王的两名宠姬，枭首示众。随后，令左、右二队的第二人为队长，重新击鼓发令。新任队长和两队宫女目睹刚才发生的一切，吓得面如土色，个个神情变得严肃起来，口不出声，目不斜视，全神贯注，小心翼翼地按照鼓令规定的动作操演，不论是向左向右，向前向后，跪倒站起，都符合要求。队形中只听得齐刷刷的脚步声，再也听不到一点嬉笑声。

操演完毕，孙武登上将坛，向正在生闷气的吴王阖闾禀报：“队伍已经训练整齐，大王可以下坛来检阅。现在任凭大王怎样使用她们，即使是叫她们赴汤蹈火，也能办到！”后来有人赋诗一首，赞扬孙武试兵法之事：

强兵争霸业，试武耀军容。
尽出娇娥辈，犹如战斗雄。
戈挥罗袖卷，甲映粉颜红。
掩笑分旗下，含羞立队中。
闻声趋必肃，违令法难通。
已借妖姬首，方知上将风。
驱驰赴汤火，百战保成功。

听了孙武的禀报，阖闾口虽不言，可心中怨怒交加，

哪有心思下坛检阅女兵的队伍？但时当用人之际，对孙武又不便发作，就对孙武说："请将军先回馆舍休息去吧！寡人不忍心下坛察看。"孙武听了非常失望，对吴王说："大王只是爱好兵法的词句，却不想付诸实施啊！"于是，收兵罢演，回馆歇憩去了。

十一、拜为上将军

吴王阖闾因失去两名宠姬，一连几天，食不甘味，夜不能眠，不禁萌生了不用孙武的念头。伍子胥看出吴王心思，就向阖闾进谏："臣闻自古以来，用兵是一件严肃的事。以法治军，军令方能畅通。如果大王因失去两名爱妾而不起用孙子，那么，有谁能帮助大王兴兵诛楚、威加天下？"

伍子胥见吴王不说话，又接着说："美色易得，良将难求。别为了两个女人，而失掉一位大将，这与你大王虚怀若谷、任贤使能的盛名不相符。"阖闾听了，觉得伍子胥说的句句在理，经过权衡利弊得失，终于醒悟过来，抛却了杀姬之恨。第二天，阖闾亲自前往馆舍向孙武致歉。对吴王此番举动，孙武也深受感动。他为杀姬一事向吴王请罪，接

着对吴王说："治军，最要紧的是要树立权威。威行于众，严行于吏，三军才能令行禁止，所向披靡。"阖闾听了，更加佩服孙武的见解和才能。于是，在今吴中区胥口面向太湖的教场山旁，筑将坛，选吉日，正式拜孙武为将，称号为军师，让他负责训练吴国三军（古时指上军、中军、下军），参与谋划争霸大业。

一次，吴王阖闾召见孙武，谈论当今之世，国家兴衰存亡的大事。

吴王阖闾问孙武："如今晋国由韩、赵、魏、范、中行和智氏六将军分别占守晋国的土地，你看他们谁先灭亡？谁能强盛起来？"孙子说："范氏、中行氏先灭亡。""谁其次灭亡？""智氏其次灭亡。""谁再其次灭亡呢？""韩氏、魏氏再其次灭亡。赵氏没有放弃他传统的政治和经济法规，所以晋国最后会全部归赵氏。"

吴王阖闾说："你这样预测的理由可不可说给我听听？"孙武说："可以。因为范氏、中行氏的田亩制度，是以八十方步为半亩，以一百六十方步为一亩，征收五分之一的租税。他们的亩制最小，而设置士兵多，征收五分之一的租税。公家很富有。公家富有，设置士兵又多，税收多，必然导致官吏骄傲，大臣奢侈，再加好大喜功，频繁发动战争，因此说范氏、中行氏必然先灭亡。公家富有，设置士兵多，官吏大臣骄傲奢侈，好大喜功，频繁发动战争是范氏、中行氏先灭亡的原因。韩氏、魏

氏的田亩制，是以一百方步为半亩，以二百方步为一亩，也是征收五分之一的租税。他们的田亩制很小，设置的士兵也很多，征收五分之一的租税，公家富有。公家富有，士兵多，官吏、大臣骄傲奢侈，好大喜功，发动战争频繁，所以韩氏、魏氏相继智氏后灭亡。而赵氏的田亩制，是以一百二十方步为半亩，以二百四十方步为一亩，公家按原来的税率收税。公家的财富少，设置士兵少，官吏大臣节俭，这样使民众富足，因此，能使国家强盛起来，晋国最后将全部归属于赵氏。”

吴王阖闾听了说：“您说得好。国王统一天下的道理就在于多多爱护自己的老百姓啊。”后来形势的发展被孙武言中了，晋国归属于赵氏。

吴楚两国冤仇早已结下，孙武被授予将军职衔领兵打仗，第一仗是啃的“硬骨头”，是与楚国作战。吴国同楚国相比是一个小国，也是一个弱国，但由于孙武英勇善战，足智多谋，灵活运用孙子兵法，结果大破楚军，占领楚国，创下了以弱胜强、以少胜多的光辉范例。

阖闾四年（前 501 年），吴国攻伐楚国的军事计划开始付诸实施了。这是孙武受命为将后自始至终参与谋划并直接指挥的一场军事行动。其规模之大、战场之广、战线之长、时间之久，是自商、周（商，指商代，公元前 1562 年至前 1066 年；周，指周代，公元前 1066 年以后）以来所没有过的。最后，吴国以三万兵力破二十万

楚军，长驱直入，直捣楚国国都郢（今湖北江陵县西北），迫使楚昭王弃都出逃，险些亡国。在这场列国震惊的军事行动中，孙武的卓越军事才能得到了充分发挥，《兵法十三篇》的精髓得到了充分检验。

吴国，地处东南沿海；楚国，位于华夏西部。两国都城相距遥远，为什么要兵刃相见，斗个你死我活？原来，楚国从先祖起，君臣自称蛮夷，专力攻伐华夏诸侯。据说，五年不用兵，算是莫大耻辱，死后见不得祖先。进入春秋时期（前 722 年以后），更为穷兵黩武，先后吞灭了周围四十五个小国，疆土扩展到千里，成为华夏西部地区的一个军事强国。吴、楚两国，边境相连，早先为土地、桑蚕之争，有些小的摩擦，但还没有因此而反目成仇。原来，在吴王寿梦当政之前，吴国还不强大，不得不在外交上接受楚国的制约，而成为强楚的盟国。到了吴王寿梦当政，吴国在兼并了今江、浙、皖大片土地之后，领土扩张的野心越来越大。寿梦二年（前 557 年），吴国起兵攻伐郯国（今山东郯城）得手之后，准备进一步寻找目标，向外扩张。正在这个时候，投奔到晋国的楚国亡臣巫臣，奉晋景公之命，以晋使的身份出使吴国，目的是要联吴制楚，以减轻楚国为争霸中原而形成的对晋国的压力。吴王寿梦对巫臣的到来喜出望外，他聘巫臣为“行人”，由巫臣帮助吴国军队学习和掌握北方的车战技术。不久，巫臣就怂恿寿梦起兵攻打楚国。

楚国国君得到巫臣“教吴射御，导之伐楚”的消息，非常气愤，就组织楚军攻打吴国属地。吴王寿梦也不示弱，起兵攻打了楚国的战略要地州来（今安徽凤台）。两国从此结下仇恨。

从公元前 557 年到前 527 年，寿梦、余祭、余昧三位吴王当政的三十年里，吴、楚两国间先后发生过八次攻伐行动，平均七年一次。公元前 526 年至前 515 年吴王僚当政的十二年里，两国间又发生过四次攻伐行动，平均三年一次，攻伐行动不仅更加频繁，而且规模越来越大。弑僚自立的阖闾，是一位具有革新图强思想，又有政治、军事才干的君王。早在他发动宫廷政变之前，就曾于吴王僚二年（前 525 年）、八年（前 519 年）、九年（前 518 年），三次受命指挥攻伐楚国的军事行动，立下了战功。阖闾用武力夺取王位后，更是一心考虑伐楚、争霸的大业，但苦于缺少帮他谋划并指挥作战的将帅。正是在这个时候，孙子的出现给阖闾带来了希望。孙武呢，从与阖闾的多次交谈接触中，对这位“任贤使能”的吴国新君主，也有了较深的了解。因此，当阖闾决定拜他为将并实施伐楚的行动计划之后，孙武决心帮助吴国组织并指挥好这场旷古未有的大战役。这场战争使孙武旗开得胜，初试锋芒，名声大震。

十二、率兵伐徐

孙武被吴王封为上将军，拜为军师，参与吴国军政大事，协助吴王富国强兵。孙武上任以后，先是整肃军纪，扩充兵员，又建议吴王号召百姓开垦荒地，屯集军粮，以备战时之需。

有一天，吴王召见孙武，商议进兵伐楚之事。吴王阖闾面对楚国这样一个大国，觉得无从下手，就问孙武："进攻楚国，从哪儿下手呢?"

"大凡兴兵进攻，必先除内患，然后方可进兵。我听说吴王僚两个弟弟在徐国，他们亡我之心不死，我们要进兵，必先除掉这两个人。"孙武说完，吴王阖闾说："就按你的想法办。"

孙武的一席话说到吴王阖闾的痛处。阖闾上台以后，始终有一个心病，就是吴王僚

的两个亲兄弟盖馀（又作掩余）、烛庸还流亡在外。原来，在吴王僚被谋杀前的当年春天，趁楚平王死，楚国举国发丧，曾派吴王僚这两个亲兄弟带兵攻楚。两人在外得知国内发生政变，就分别逃到徐国（今安徽泗县、江苏泗洪一带）和钟吾国（今江苏宿迁市东北）。这两个小国，地处淮水流域，都依附于楚国。阖闾当政后，因忙于治理内政，无暇顾及此事。阖闾三年（前 502 年），他与孙武谋划伐楚时，决定先除掉盖馀和烛庸，并趁机搞清淮水北岸楚国的势力。阖闾先派使者去徐国和钟吾国交涉，要求两国交出吴公子。徐国和钟吾国自恃有楚国作后盾，并未从命，而是暗助吴国两公子逃奔楚国。楚昭王把他们俩安顿在养城（今河南沈丘县东南），并给以优厚的生活待遇。醉翁之意不在酒。楚昭王收留盖馀、烛庸，是想把他们作为日后攻伐吴国，把阖闾赶下台的内应，把养城作为抵御吴军进攻的一道防线。盖馀、烛庸的存在，无疑成了阖闾的心腹之患和伐楚障碍。俗话说：跑了和尚跑不了庙。阖闾心病不除，既迁怒于徐国和钟吾国，又加深了对楚国君王的仇恨。

吴王听从孙武的建议，在伐楚之前，要先除盖馀、烛庸两个内患。这两个人非等闲之辈，徐、钟两国又都是楚国的附庸国，要想伐楚，第一步就要消灭徐国和钟吾国，抓住盖馀、烛庸这两个人。就在公元前 502 年前的冬天，吴王阖闾授权于孙武，率兵攻打徐、钟两国。

孙武率精兵二万人直扑徐、钟两国。虽说两国早已有所准备，但由于孙武率领的部队英勇善战，快速突击，不上十天，就灭了徐、钟两国，逮捕了盖馀和烛庸。吴王阖闾听到胜利的消息十分高兴，认为内患已除，下一步就可以攻打楚国了。

十三、疲楚误楚

吴王阖闾在取得清障疲楚的初步胜利后，滋长了轻敌思想，想趁热打铁，千里挺进，与楚军主力决战，攻打楚国国都。孙武分析了敌我双方实力，认为条件还没有具备，时机还没有成熟，加上吴国军队好几个月来经过辗转作战，也很疲惫，需要回国休整。阖闾最后同意了孙武提出的暂时收兵的意见。

回国以后，吴国有了休养生息的机会，之后孙武向吴王提出了“疲楚误楚”的建议。孙武说：“凡以少胜多，以弱胜强者，必先要扰敌、疲敌，削弱他的力量。”具体办法是兵分三路扰楚：第一路兵进攻后，赶快撤归，然后第二路再出兵，二路归，三路出，这样往复循环，使楚军疲惫不堪，然后我方可出击。这样，孙武、伍子胥、伯嚭各率一路人

员，分别佯攻楚国。

孙武率领一支吴军渡淮西进，长驱五百里，采取“攻其无备，出其不意”的战术，突然袭击楚国的领地夷城（今安徽涡阳附近）、潜城（今安徽霍邱县东北）和六城（今安徽六安市北）。楚昭王急忙派师援救，前锋还未到达，吴军主动收兵撤退。与此同时，伍子胥率领另一支吴国军队按照孙武与伍子胥的计谋，日夜兼程，疾行几百里，直扑楚国的另一领地弦（今河南息县南）。楚昭王又急急派师前往援救。楚国军队刚刚到达豫章地区（今河南商城到安徽六安一带），吴军又主动撤退。“彼出则归”、“彼归则出”，弄得楚军疲于奔命，难于应付。孙武采取机动疲敌的战术，取得极大的成功之后，便果断地命令吴军第三支人马，以迅雷不及掩耳之势，一举攻陷养城，初步扫清了进攻楚国的外围障碍。

十四、伐交联兵

经过前两个阶段的军事行动后，阖闾下了破楚入郢的决心。他对孙武、伍子胥两人说："以前你们两位讲，攻打楚都的时机还没有到，如今，总可以了吧！"孙武听了，回答道："楚国是吴国的强敌，楚国军队虽然锐气被挫，但毕竟还很强大，吴军要与之正面交锋，成功的希望很小。但破楚是大王的一项千秋大业，我必当此重任。"

"那你有什么破楚良策？"吴王问。

"造势。"孙武答。

"造什么势？"吴王问。

"造势，就是等一个合适的机会，联兵伐交，造一个有利于北进攻楚的机会。"孙武答。

"联什么国？"

“联唐、蔡两国。”

“唐、蔡两个小国，出不了大力。”

孙武说，不可小视唐、蔡两国。楚国是一只苍鹰，唐、蔡、隋、许等诸多小国是附属国，就像鹰的羽翼。唐、蔡虽然是小国，实力不大，而唐、蔡叛楚，却会使楚的所有属国离心。属国离心，不与楚联兵，便是剪了楚的羽翼。羽翼已除，苍鹰怎么高飞？怎么冲击？吴王阖闾点头，称“此计甚好”。

楚国北接中原有两个重要的邻邦诸侯国，一个是蔡国（今河南省上蔡县），一个是唐国（今湖北省随县）。蔡国、唐国原先是独立的诸侯国，和楚国一样，只向周天子朝贡。以后周天子渐弱，有名无实，而楚国地方五千里，势力一天天强大，蔡国、唐国便沦为楚的属国，改朝周为朝楚。

楚平王去世后，楚昭王在位。昭王年纪还小，国政完全掌握在令尹囊瓦手里。囊瓦是个贪赃枉法的人，利用一人之下、万人之上的职权，为非作歹。

前几年，蔡侯去郢都朝拜楚王，献给楚王一块羊脂白玉佩，一件银貂（diāo）鼠裘。蔡侯自己也穿着同样一件银貂鼠裘，戴着同样一块羊脂白玉佩入楚。

囊瓦作为楚国令尹（相当宰相）接待蔡侯，看见他身上的银貂鼠裘，羊脂白玉佩，羡慕不已。这两件贵重衣饰，每件都能值一座城邑呢，实在令人垂涎。

蔡侯住进馆舍，囊瓦派人悄悄去找他，对他说，你身上穿的银貂鼠裘，戴的羊脂白玉佩，我们令尹囊瓦很喜欢，你是不是割爱，把这两件东西送给令尹？如果你把这两件东西送给令尹，以后你到楚国办事就方便多了。

蔡侯闻言大惊，心想："我已经把一件银貂鼠裘和一块羊脂白玉佩献给楚王，这朝贡的礼物就不算轻了，怎么还要？同样的银貂鼠裘和羊脂白玉佩，一样只还剩一件，这便是我身上穿戴的，再给了令尹，我穿什么？戴什么？没有了这两件宝物，我还像个国君吗？"

蔡侯不肯把身上的银貂鼠裘和羊脂白玉佩献给囊瓦，囊瓦怀恨在心，立即派兵把蔡侯拘押起来。却对楚昭王说，蔡侯私通吴国，有证可查，不能让他回国。

随后，唐国国君也来朝贡。唐侯的坐车有两匹驾车的名马，名叫"肃霜"。那马毛色纯白，体姿雄骏，楚国没有，囊瓦一见就爱上了。

囊瓦抚着马背，爱不释手。他问唐侯："这马怎么取一个奇怪的名字？"唐侯说："'肃霜'本是雁的名字。这种雁羽毛纯白如练，高首长颈如鹤，每年秋风肃杀，白露为霜的时候，由北南翔，人称'肃霜'。你看这马，毛色一样洁白如练，也是高首长颈，跑起来如雁疾飞。所以，就用雁名命名马，称它'肃霜'。"

囊瓦听了解说，得马的心更切。当面不好亲自开口，事后即派人去馆舍见唐侯求马。

唐侯感到意外，我献的贡品甚厚，怎么还另外向我要驾车的名马？这马天下少有，我连楚王也舍不得献，怎么能白给令尹？

奉命要马的人将唐侯原话如实回禀囊瓦，囊瓦大怒，又派一队人马把唐侯拘留起来。却对楚昭王说，唐侯和蔡侯串通一气，表面朝楚，私下通吴。他们是来楚国刺探情报的，不能放回国去。

楚昭王年纪小，不能明察。蔡侯和唐侯在郢都被一扣就是三年。

唐国世子代父亲监国，与大臣商量救唐侯回国的办法。唐派使者去见楚王说，该扣的是唐成公，随从无罪，他们在楚滞留三年，家人盼归。现在，唐国派了一批新随从来，把旧随从换回去。楚王同意了。

新来的一批随从为即将回唐国的旧随从置酒饯行，把他们一个个灌得酩酊大醉。然后，牵了马厩里的两匹“肃霜”马，悄悄献给囊瓦。并代唐侯谢罪说：“三年反省，我们国君终于醒悟，马轻国重。愿把名马献给令尹，只求令尹赐归，回唐理政。”

唐成公酒醒，只见为首的几个新来的侍卫跪在榻前请罪：“国君爱马，使千金之体失去自由，被扣郢都，不能回唐主持国政。臣等以为，马轻国重，趁国君酒醉，已偷偷把两匹‘肃霜’以国君名义献给囊瓦。囊瓦大喜，答应明天奏明楚王，放国君回唐。臣等欺君之罪已经构

成，请回唐之后，从重发落。

唐成公叹息一声，也就罢了。

第二天，囊瓦果然入宫，禀告楚王，唐侯地偏国小，不足成大事，而且三年来已有了悔改之心，可以释放回国。

楚昭王并无主见，囊瓦怎么说就怎么听。

蔡侯的随员听说唐侯献马很快得释，坚决请求蔡侯以国家为重，割舍名裘宝玉，献给囊瓦。

囊瓦得到久已垂涎的银貂鼠裘和羊脂白玉佩，好不欢喜。当即对献宝的蔡国随员说，你们明早上朝找我，我立刻命令礼宾的官员设宴送你们回国。

第二天，蔡侯随员一早上朝，囊瓦见了他们，故意惊讶："怎么，你们还滞留郢都？"随即责备一旁的礼宾官员："蔡侯所以长久滞留郢都，都是由于你们没有按时准备饯别的礼物。到明天饯别的礼物还不完备，我要处死你们！"

蔡侯获释，返回故国，北渡汉水，取白璧沉于水中，发誓说："大河为证，我若不伐楚报仇，决不再南渡汉水！"

唐侯蔡侯在楚受辱，回国之后，投向西北面的大国晋，借晋兵伐楚。当时天下，晋是老霸主，楚是新兴霸主，一南一北，并世称雄。

这时的晋国已是强弩之末，收了贡礼，不免派出一

支军队，做做为小国伸张正义的姿态。虚张声势一番，并没有和楚军交锋，就借故班师回晋。

唐侯蔡侯大失所望，由此转向吴国。恰在此时，吴国派使者去了唐、蔡两国。

不几天，孙武派去唐蔡的人回来了，同行的还有唐侯、蔡侯的使臣，他们奉国君使命来吴请兵，共同攻楚，以报唐蔡受辱宿仇。

蔡侯为了取信于吴，还派自己的儿子乾来姑苏做人质。

事情像孙武预料的那样发展，有利于吴的态势已经造成，现在便要不失时机地因“势”力行，如立千仞山巅之转木石。

吴王阖闾亲授孙武帅印，拜为大将，伍员、伯嚭为副将。阖闾亲弟弟夫概为先锋，吴王自己也随军亲征。吴国军队倾巢出动，共6万人，号称10万大军。

临行前，阖闾想举行隆重的仪式，点将、树旗、誓师，以壮军威，然后浩浩荡荡北征。孙武却说，不可。用兵之法，“形人而我无形”，尽量设法诱使敌军示形暴露，而我军却不露形迹，使敌人不知虚实，无法捉摸。

十五、操练水师

进攻楚国，以走水路为捷径，训练水师成为燃眉之急。吴王阖闾命孙武训练水师，孙武把训练水师的地点选在太湖（古时称震泽）。

孙武受命以后，发现吴军在水战方面缺乏经验，没有确定的编制，就更谈不上有战斗力了。

首先，孙武发现，吴国虽以水军见长，但历来水军并无严密独特的编制。过去是依仗吴人的水性好，使船快，舟坚船多来取得水上优势的，但这种优势很难持久，终究将被近水的楚国、鲁国、越国等超过，从而失去战略优势。因此，要吸取车战战法，结合水师的特点，实施新的水军战法。

其次，孙武从车战想到水战，实施新的

水师编制，改进旧的船体。孙武认为，车战发展到今天，大国装备先进的车队，都不是单一型号的战车了。其中有重战车，这种战车装人多，厢板厚，刀箭不易穿入，敢与敌军的马队和车队相撞而不毁；有轻战车，车身轻，速度很快，便于奇袭、救援、联络等；有冲锋车，适合于冲锋陷阵；有楼车，分上下两居，上居将帅，便于远望，便于指挥，下层可载士兵。古代作战的主要工具是战车，战车发展到如今，已经构成了这样一个复杂的有机的作战整体，在此基础上，加以合理的编制，其战斗力量更加巨大。

因此，孙武依靠陆地战车战法的编制，来改造吴军目前水军单一船型的编制。孙武把整个水师编为若干支船队，每支船队分别由大翼、小翼、桥船、楼船等多种型号的战船编成。

孙武带领水师，按照新的编制，新的战船在太湖连续训练数月。吴王阖闾听说孙武训练水师有方，专程前来观看水师演练。

滨海湾是太湖入海的一个出口处，滨海湾上有一座海涌山。一天，吴王阖闾带领文武百官来到海涌山上观看孙武水师的表演。

吴王登上海涌山，海湾就在眼底，海天一色，遥望无际。海湾里，舟船集结，孙武新操练的水军，正在等候吴王检阅。

吴王稍稍坐定，即传下号令开始操练。孙武手中小旗一挥，信号台上红色旗幡飘动，从海湾里集结待命的舟师中，一队轻船出动。这些船吃水浅，船头船尾一人划桨，一人掌舵，6 名士兵在船舱手执突钩、长矛、长剑而立，时刻准备厮杀。战鼓擂动，船队加速，像一队海鸟贴着水面飞翔。

"真是船行如飞!"阖闾失声叫好。

坐在阖闾一边的孙武解释说：这叫"小翼"船，相当于战车中的轻车，它可以救援友军，可以奇袭敌军，也可用于首尾联络。

小翼船队演习完毕，集合归队。

孙武手中小旗又一挥，信号台升起黄色旗幡，海湾里又驶出一队船只。这些船船体大，每船长约十丈，装载士兵 100 名，兵刃装备一应俱全。大船开出，因船体厚重不怕碰撞，如出入无人之境，一些假想敌所用小船，根本近不得身。稍稍接近大船，即在大船上的长矛、弓箭击射下，纷纷逃窜。

看了这一表演，参观台上发出一片赞叹之声。吴王阖闾说："有这样的船队，我就放心了!"

经过孙武训练的水师，已不再是水边鸥鸟，而是有翼的鲲鹏，可以溯江北上，先冲楚门，再进中原。

十六、兵以诈立

公元前 500 年，吴国经过精心策划和准备，吴楚两国的大决战开始了。吴国联合唐、蔡两国军队，千里挺进，长驱直入。当时，吴军要深入楚国腹地，就要沿大江（古长江）溯江西上，但江面坦荡，易于暴露，受到阻遏。按吴王阖闾的设想，大兵出征，要轰轰烈烈，要举行隆重仪式，如点将、树旗、誓师，以壮军威，然后浩浩荡荡北征。

孙武仍然坚持说不可。他以为兵以诈立，无形无声，神出鬼没，这是用兵的最高境界。

吴王阖闾同意了孙武的建议。这样，吴国数百艘大大小小的战船，装载数万大军，分批悄悄起程。初冬，江湖风寒，战船趁夜行驶，白天却停泊不动，隐蔽在芦苇丛中。各船都备足干粮，停泊的时候，将士一律不得上岸求食，吴王阖闾和孙武以下将领也不得例外。

吴军船队，夜行晓宿，七天之后，越过长江，进入淮河。接着溯淮河西进，再由淮河支流汝水入蔡，以迅雷不及掩耳之势，首先歼灭包围驻蔡国的楚军，与唐、蔡两国军队会师。

此后，孙武主张北渡淮水，再弃舟登陆，越过淮河平原，挺进大别山。这样，一可以避开大江和大别山脉两个难以逾越的天然屏障，二可以避开集结在楚、晋两国边界方向上的楚军，三可以与唐、蔡两国的军队就地组成联军。阖闾听取了孙武对战场地形、行军路线的分析，最后决定采取这一进军方略。阖闾亲自督阵，封孙武为大将军，伍子胥、夫概（阖闾异父同母弟）为副将，率十万大军踏上了破楚入郢的征程。

正当吴军水师大举进攻之际，孙武突然做出决定，全军将士立即弃船上岸，由水路进发改为陆上进军，一切恢复陆军的编制，实施陆军的战法。对此一举，全军将士颇不理解，认为这是错误的决定，吴军放弃了水师的优长，如何同楚军作战？为什么要放弃船只，走陆路？

“现在南下是逆水而行，船速慢，使得楚军得以喘息之机，则破楚难矣。”孙武为此派人赴各营做了一番解释的工作。

由于阖闾、伍子胥同意孙武的说法，孙武即率大军自江北陆路，穿过桐柏山脉和大别山脉之间的三个隘口，

突入楚境，直取汉阳。这时楚军驻守在汉水以南，吴军已屯兵于汉水之北，两军只隔一条汉水。这时楚驻军首领囊瓦，探知吴军弃船而来，心里想，一条汉水，吴军无船不能过江，心里稍微安定了一下。

楚昭王闻吴兵大兵压境，召集文武百官商议对策。公子申说："囊瓦非大将之才，速令左司马沈尹戌领兵前往，不要使吴人渡过汉水。吴军远来，后续供给跟不上，不能持久。"楚昭王听从公子申的建议，命沈尹戌率一万五千人马，增援囊瓦。沈尹戌来到汉阳，囊瓦迎入大寨，设宴招待。酒过三巡，沈尹戌问：

"吴兵从何而来，如此之迅速?"

"吴军弃舟从陆路来。"囊瓦答。

沈尹戌听后，连声哈哈大笑：

"人说孙武用兵如神，以此看来，真是儿戏!"

"怎么讲?"瓦问。

"吴人习于舟楫，善于水战，今乃弃舟从陆，但取便捷，万无一利，更无归路，此乃违反常规，是兵家大忌，所以我才大笑。"沈尹戌答。

"吴军屯兵汉北，何计可破?"囊瓦问。

"我分兵五千与你，你沿江布阵，不可使吴军夺船而渡。我从后路捅到吴国的后面，烧毁其船只，断其后路，从后面包抄过来，两面夹击，可大胜吴军!"沈尹戌答。

囊瓦大喜，说："司马高见，我不如你也!"

随即，两人按机行事。

吴楚两军对峙数日，一直不曾交战。这时，楚军囊瓦手下一个名叫武城黑的献媚说：“吴军舍舟从陆，违其所长，且又不识地理，直接出击必可取胜，司马的策略是错的。”这时，囊瓦的爱将史皇添油加醋，也接着说：“楚人爱令尹者少，爱司马者多，若司马破吴，功为第一，令尹位高名重，不可让于司马。”囊瓦感谢史皇的提醒，随即命令三军全部渡水，到小别山列成阵势。史皇出兵挑战，孙武让先锋夫概率勇士三百名迎战，都用坚木为大棒，一遇到楚兵，就没头没脑地打击。楚兵从未见此军形，措手不及，被吴兵乱打一阵，史皇大败而走。囊瓦见史皇大败而归，大怒之下，要斩史皇。史皇说：“战不斩将，攻不擒王。今吴军驻扎在大别山下，不如今夜出其不意，偷去劫寨，以建大功。”囊瓦认为建议可取，随点兵一万余人，准备偷袭。

却说夫概得胜而归，大家互相庆贺。孙武一面嘉奖将士，一面说：“囊瓦乃小人之辈，贪功侥幸，今出兵受挫，必不甘心，今夜必来偷袭大寨，我们不可不防！”

吴王阖闾问孙武：“以将军之见如何？”

孙武随即点将：

命夫概、未毅各引本部，伏于大别山之左右，但听哨角为号，方许杀出。唐、蔡两君分两路接应。

命伍子胥领兵五千，抄出小别山，去劫囊瓦大营，伯嚭为接应。

命公子山保护吴王，移屯于汉阴山，以避冲突。

命大寨设旌旗，留老弱数百人留守，不得有误。

孙武命令已下，吴军分头准备。

是夜天交三更，囊瓦引精兵，悄悄从后山抄出，见大寨中寂然无备，就大声喊叫冲入寨中。四处不见吴王，疑有埋伏，慌忙杀出。忽听哨角齐鸣，夫概、末毅两军左右夹击，囊瓦且战且退，一万士兵，损折四千多人。正在危急，武城黑引兵来救，大杀一阵，救出囊瓦。约行数里，败卒来报："本营已被伍子胥所劫，史将军大败，不知下落。"囊瓦听后心胆俱裂，引着残兵败将，连夜奔跑，逃到柏举，方才驻下喘息。不一会儿，史皇也引败兵而来，然后收集人马，建立营寨。囊瓦叹曰："孙武用兵，果有机变！"

十七、兵贵神速

吴军大举进攻，楚军节节败退。囊瓦在柏举（今湖北麻城）与吴军对阵。十一月八日清晨，阖闾的弟弟夫概背着阖闾，率领所属精兵五千人，以锐不可当之势向楚军发起猛烈进攻。阖闾与孙武闻讯后，赶紧抽调三千五百名精兵增援夫概，同时，带领三军随后赶来。囊瓦早有退心，他所率领的楚军已无斗志，防备懈怠，经不住夫概五千名士卒冲击，四散奔逃，又被三千五百名吴国援军一冲，阵形大乱，溃不成军。囊瓦急命楚将收拾散军，准备与吴军决一死战。不想，此时吴国大军已乘势赶来，楚军大败。囊瓦身边两名得力的干将，一个当了俘虏，一个陈尸战场，囊瓦自己则弃军而走，因怕楚昭王追究罪责，逃奔到郑国去了。柏举一战，为

实现破楚入郢的战略行动奠定了胜利基础。事后，吴王阖闾说：“柏举之战，说明我这个弟弟（夫概）实在是一员猛将!”孙武不以为然地说：“本来我们可以以更快的速度打败囊瓦，而他却擅自行动，差点贻误战机!”

柏举决战，楚军元气大伤，犹如惊弓之鸟，蜂拥向楚都溃退。为了不让溃敌有片刻喘息的机会，孙武指挥吴军紧追不舍。楚军仓皇后逃三百多里，来到清发水边。正在纷纷抢渡过河时，吴国大军赶上。孙武提出“半济而击”，即让敌军渡河渡到一半时再发起攻击。这个作战计划得到阖闾的赞许。吴军后退一步，列阵待命，等一部分楚军渡过河去，孙武就号令吴军冲杀过去。此时，楚军已被清发水截成三段；已渡河一段；河中一段；尚待渡河一段。全军上下不能相救，首尾不能相顾，残余主力又被吴军打垮，渡过河去的一部分楚军，不得不落荒而逃。楚军残部丢盔弃甲，逃到雍澨（今湖北京山西南）时，已是人困马乏，饥肠辘辘，疲惫不堪。率残部奔逃的楚将以为柏举战后，楚军已后撤五百多里，吴军连打带追，也需要休整，因此，下令埋锅造饭，待稍事休息以后，再撤回郢城固守。谁知，吴军自清发水一战后，发扬连续作战精神，紧随楚军，一路追杀而来。当到达雍澨时，楚军连饭还没有来得及煮熟。楚军将士一见追兵又至，个个惊得目瞪口呆，顾不得饥饿和劳困，抱头鼠窜，四散逃跑。吴军反倒饱餐一顿，士气大涨。

雍澨紧靠汉水，过汉水距离楚国国都郢城只有五十里地，对千里挺进、屡战屡胜的吴军来说，楚都已近在咫尺、唾手可得了。然而，就在此时，前往堵截吴军后路的左司马沈尹戌带兵自北南下，赶到了雍澨。此时此刻，吴、楚两国军队都面临事关成败存亡的一战。对吴军来说，兴师千里，深入楚境，已陷入“死地”，兵马、粮草可能因与后方断绝而得不到补充，加上雍澨地区三面环水，北背清发水，西临汉水，南面又有汉水和江水，北面则有沈尹戌的援军。吴军举国伐楚，国内空虚，如果越国趁隙而入，也有亡国的危险。对楚军来说，元气已伤，吴军已离都城不远，如果再战失利，必将兵败国破。俗话说，两军相争勇者胜，怯者败。面对如此险恶的环境，吴军内部有五位将军动摇了，胆怯了，有的向吴王阖闾死谏，要求收兵回国。接着，一个自刎身亡，阖闾大惊失色。周围的将领也一再苦谏。在这节骨眼上，孙武挺身而出，重申只能按“死地则战”（困于无退路之地，只有奋勇作战，死里求生）的原则行事。阖闾最终采纳孙武的看法和意见。吴、楚两军拉锯般的在雍澨连打了三个恶仗。最后，楚军主将沈尹戌阵亡，楚军溃败，吴军获得了最后决战的胜利！

十八、破楚入郢

郢（yǐng），楚国的都城，是吴军攻打的主要目标。孙武率一万五千人马，过了虎牙山，直奔当阳阪。到了当阳阪，楚兵早已逃得无影无踪。孙武站在当阳阪上，望见漳江滔滔江水由北向南而下，西有洪湖，湖水通纪南到楚都郢城下。楚都郢是一座防守坚固的城市，远远望去像一座小山。如何攻破郢城实在是一道难题。孙武居高临下，心生一计，命令士兵用筐抬土，堆成一座高于郢城的土山。又限一夜之间，命吴军掘开深水渠，引漳江之水通于洪湖，在湖的周围筑坝。那水无处流，只是猛涨，比平时上涨二三丈。当时是冬天，值西风大作，滚滚江水灌入郢城。这时守城将士还不明白是怎么回事，认为冬天怎么发起了洪水？急急下令让士兵来堵。可哪里堵得住？不上半天，郢城已是一片汪洋。孙武命士兵用竹子造小筏，然后乘筏直接冲入郢城。郢城守兵和百姓见吴军从天而降，措手不及，纷纷逃亡。楚王知道郢城难守，急忙带着一家老小和几个官兵乘舟西行，夺路而逃。这时，郢城无主，楚军士兵放下手中武器纷纷投降。孙武率兵入城，命士兵掘开水坝，放水归江，合兵以守四郊。

吴王阖闾一行来到楚国王宫，见王宫十分华丽，胜吴宫十倍，甚是高兴，当下设宴招待文武百官。宴后，吴王阖闾以及手下官兵，以胜利者自居，残害百姓，捣毁宗庙，淫乱王室妻女。孙武看到这些，十分痛心，就见到吴王说："大王，不可这样做。常言说得好，用兵讲究一个'义'字，方为有名。楚平王不讲仁义，废太子而立秦人之女，任用谗贪，内戮忠良，外同各国交战，我们才乘机破楚。如今楚国已亡，应立楚国太子为君。楚国人可怜太子无辜，又当了国君，老百姓则心里安，他们也称赞吴王您大恩大德，世世代代前来吴国进贡。这样看来，吴王您表面上放楚国一马，好像失掉楚国，其实是得到了楚国，得到了楚国的国君和全国老百姓啊！"

吴王阖闾听了孙武的话，摇摇头表示不同意。孙武见状也不好再说什么，心中闷闷不乐。吴王阖闾我行我素，拆掉了楚国的宗庙，杀了一大批无辜老百姓，一时

民怨沸腾。

吴军破郢以后，阖闾就住在楚宫。吴王以下各营将领都按官爵等级，分别住进相应的楚国大臣的府邸。只有孙武不肯住进城里。阖闾派专人请孙武住进楚宫，并准备好了房子和美女，孙武断言拒绝，说："战争还没有结束，从古到今，还没有把中军（中军即指挥中枢，中军应住营寨）安排到王宫里的。"

十九、兴兵伐齐

吴国战胜楚国以后，对一心想当霸主的吴国来说，剩下的对手，就只有位于今山东境内的齐国和位于今山西中部的晋国了。齐国又是主要对手，因此，吴王阖闾决定先拿齐国开刀，派孙武为大将军，领兵讨齐，吴王阖闾也亲自督战。

齐国，原是春秋首霸。到齐景公时，由于倒行逆施，卿大夫争权，国势渐衰。孙武也正是在这种恶劣的政治背景下才离开齐国的。但正如古语所说：百足之虫，死而不僵。当时，齐国幅员辽阔，有山有海，凭借鱼、盐之利，国力还很强。齐景公得到吴国“复谋伐齐”的消息，惊恐不已，慑于压力，不得不忍痛将自己的爱女作为人质，远嫁吴国，做了阖闾的儿媳妇。送女离开齐都临淄时，齐景公大哭了一场。周围的大臣们劝他改变

主张，齐景公无可奈何地说：“寡人闻之，不能令则莫若从。且夫吴若蜂虿，然不弃毒于别人则不静，余恐弃毒于我也”（我听人说，不能发号施令则不如听命服从，况且吴国就像蜂虫一样，不达到蜇人目的决不会罢休，我怕吴国加害于齐国啊）！齐国惧怕吴国的心态，由此可见一斑。由于齐景公女儿来吴完婚，阖闾暂时停止了伐齐的军事行动。

阖闾十九年（前 496 年），阖闾在攻打越国的一场战斗中负伤而死。北威齐、晋的重任，落在了他的儿子夫差的肩上。夫差即位后，雄心不减。他非常清楚，要争霸天下，剩下的对手仍是齐国和晋国。因此，他在孙武与伍子胥等人帮助下，于夫差二年（前 494 年）先出兵攻伐越国报勾践杀父之仇之后，用了整整十年时间作伐齐、伐晋的战前准备。这十年中，夫差办了三件大事：征服鲁国（今山东南部，以今曲阜为国都），迫使背齐面吴的鲁国与吴国订立城下之盟；制服陈国（今河南淮阳，辖地相当于今河南东部和安徽一部分），关闭了楚国可能挺进中原、侧翼攻击吴军的门户；开凿邗沟（今江苏扬州市邗县往北直达淮河的水道），开通由江入淮的舟师运输水道。这些大事解决以后，吴军北上的时机成熟了。

夫差十二年（前 484 年）春天，吴军舟师连同由越王勾践派出的三千名援军，在吴王夫差的率领下，浩浩荡荡从吴都附近的太湖出发，越大江，经邗沟，抵淮水，

再溯淮西上，然后转入泗水北进，与已被迫会盟的鲁国军队会合，组成联军。接着，顺汶水（今山东大汶河，源出莱芜市北）而上，五月，攻下博地（今山东泰安市南），二十五日，到达嬴地（今山东莱芜市西北）。然后，经长勺（今山东莱芜市北），抵达淄水上游的艾陵（今山东莱芜市东北），与前来抵御的齐军相遇。五月二十七日，两军在艾陵摆下战阵，展开激战。由于吴、鲁联军人众兵强，齐军寡不敌众，败下阵来。艾陵一战，吴军俘虏齐国五位将军，缴获八百辆战车，斩得三千颗齐军士卒的头颅，取得了伐齐的决定性胜利。接着，吴王夫差威逼齐国与吴国订立和约。在大军压境的险恶形势下，齐简公（齐景公死后的新君主）尽管内心不服，也不得不与吴国订立城下之盟。夫差实现了北威齐晋的第一个目标。等待中的下一个作战目标，就是晋国了！

二十、轻取晋国

这时的晋国，自公元前 526 年晋昭公死后，四十多年来，大权已落入卿大夫手中(史书记载为“六卿相攻”)。晋国内部纷争加剧，这对吴国来说无疑是天赐良机。就在与齐国订立和约、回国休整后的第三年夏天，即公元前 482 年，吴王夫差又命孙武为大将军，伍子胥、伯嚭为副将，并亲自率领吴军主力，踏上了伐晋的征程。吴军仍然从吴都附近的太湖出发，沿邗沟、淮水、泗水、济水，一路北上，到达宋、卫、郑、晋四国交界的黄池（今河南封丘县东南)。黄昏时分，孙武下令做好战斗准备，让全军饱餐一顿，喂好马。半夜时，命令灭灶火，马衔枚，全军穿戴铠甲，拿起兵器，向晋军驻地潜行。第二天凌晨，进军到离晋军驻地只有一里路

的地方。此时，夫差把 3 万吴、鲁联军编成 3 个强大的方阵，摆出即将发起进攻的阵势。天刚亮，夫差亲自操锤擂动战鼓，指挥 3 个方阵向晋军营地挑战。一时间，杀声震天，喊声遍野。晋军冷不防吴、鲁联军兵临驻地，大惊失色，紧闭寨门，不敢出击。晋国国君定公闻讯后，一时无良策可施。当即派一名大夫到吴军阵前探问吴王夫差兴师挑战的原因和目的。吴王夫差对晋大夫回答说："现在周室衰弱困穷，诸侯中已无人履行向王室纳贡的义务。我是奉周天子的命令，历尽艰辛来此与贵国国君会盟，霸主由晋君还是由我充任，决定于今日！"慑于吴、鲁大军压境，晋定公不得不与吴王夫差、鲁哀公在黄池举行会盟仪式，把霸主地位拱手让了出来。吴王夫差黄池退兵之后，便派大夫向周天子（周敬王）报告霸业之功。名义上的周天子表扬了吴王夫差，并且赐给吴国一批上等的弓弩和其他礼物。

二十一、威镇越国

吴越两国原本是近邻，但有说不清的恩恩怨怨，国与国之间战争连绵不断。后来人们说“春秋无义战”不是没有道理。

吴国处于长江下游，国土多半是河网平原，很少山地。越国在太湖东南一带，天目山成了吴越两国的界山。天目山以北为吴国，天目山以南为越国。吴越两国虽然相距很近，唇齿相依，却不和睦，长期争战不休。吴、越两国相互攻伐，从寿梦二年（前 584 年）算起，到夫差二十三年（前 473 年）吴国被越国灭亡为止，断断续续，长达一百多年。而两国之间的军事行动，主要又集中在后期的 36 年里。“卧薪尝胆”、“西施入吴”、“伍员自刎”……，历史上不少流传到今天的故事，就发生在这个阶段。

吴国和越国，都是蛮夷之地。风俗习惯如断发文身（把头发截短并在裸露的皮肤上刺上各种花纹）是一样的，地域方音又是相通的。所以《吴越春秋》有“吴与越同音共律，上合星宿，下共一理”的说法。吴国，自泰伯传位至19世孙寿梦，开始强大起来。到阖闾继位，已能在列国争雄的舞台上扮演未来霸主的角色。而越国，自夫余（越国始祖，传说为夏禹后代）传位到允常（勾践的父亲），开始称王，但国力远不如吴国。到勾践继位后，越国的疆土已扩展到今浙江省的大部分地区。据《国语》一书载：勾践之地，南至于句无（今浙江诸暨市南），北至于御儿，东至于鄞（今浙江州区县），西至于姑蔑（今浙江金华、衢州市之北），广远百里。

寿梦在位期间，曾与越国有过小的征战，越国被迫与吴国订立盟约，以向吴国每年进贡大量的物品为代价，吴国答应不再攻伐越国。吴王余祭时，因恨越国在吴、楚两国有军事行动时站在楚国一面，以“不从伐楚”为理由兴兵伐越，结果俘虏了许多越人。而吴王余祭自己，后来在一次观看舟船时被充当司阍的越国俘虏刺杀。从此，两国成了仇敌之国。吴王僚继位后的12年（前526年～前515年）中，因把主要精力放在伐楚上，吴、越两国间无战事发生。阖闾弑僚自立后，一心想攻楚争霸，就派使者前往越国，要越国出兵，跟吴国一起攻伐楚国。当时，越国还很弱小，又依附于楚国，就拒绝了吴国的

要求。阖闾认为小小的越国竟连这点面子都不给，就在攻克楚国属地养城，追杀了吴王僚两个流亡在外的同母兄弟以后，起兵伐越，意在教训越国。没想到，从此揭开了吴、越频繁交战的帷幕！

据史籍记载，自阖闾至夫差当政的41年里，吴、越两国一共发生过多次大的军事行动：

第一次军事行动，发生在阖闾五年（前502年），即孙子以《兵法十三篇》见吴王并由吴王拜他为将的第三年。阖闾亲自率领吴军出征，在槜李（今浙江嘉兴市西南）与越军对阵。经过孙武严格训练的吴国军队，这时已是一支强悍有素的军队。伐楚初试锋芒以后，士气更加高涨，根本不把越军放在眼里。一仗下来，越军大败。吴军“大掠而还”。吴国在此次攻伐行动中，尽管取得了胜利，但却埋下了36年后被越国灭亡的祸根。

第二次军事行动，发生在阖闾十年（前500年）。这是由越国发起的一场复仇的军事行动。此时，正是吴王阖闾率领吴国大军在楚国国都郢城尽情庆祝伐楚胜利的时候。一心想报五年前之仇的越国，趁吴国大军在外、国内空虚的机会，起兵伐吴。越国军队在越王允常指挥下，采取偷袭方式，越过吴军防线，直逼吴都。此时，留在楚都的吴国大军中发生了一件大事：是年九月，阖闾的同母弟夫概竟不辞而别，带领他的一支部队急速潜回吴都，自立为王。而此时的楚国，已得到秦国的支持，

与秦国军队一起收复失地，逼近郢城。阖闾面临内外交困的形势，急忙率领一支吴军离楚返国，让孙武、伍子胥留下来阻击秦、楚联军。由于留守吴都的军队奋力抵抗和阖闾及时率军返国，越国偷袭吴国的军事行动才没有得手，但已使吴国受到了很大的破坏。

第三次军事行动，发生在阖闾十九年（前 496 年）。前一年，越王允常去世。年方二十四岁的勾践继位。吴王阖闾得信，就想趁机伐越。孙武认为，乘人之危，起兵攻伐，不合礼制，就加以劝阻。年老的阖闾自恃吴国已威加天下，听不得别人劝告，便趁越国国丧，贸然兴师伐越。吴、越两国军队又在交界处列阵对峙。越王勾践见吴军训练有素，战阵严整，在两次组织敢死队冲击吴阵未见奏效以后，组织了三百名死囚犯，排成三行，手执战剑，来到吴军阵前呐喊。接着，一个个用剑自刎。吴军上下震呆了，阵脚也开始乱了。越王勾践见时机已经成熟，就指挥越军向吴军发起攻击，把吴军的阵形完全冲乱，杀得吴军大败。就在这场战斗中，阖闾自己被越将用戈击中足趾，由于伤口发炎，病势日渐加重。阖闾受此创伤，自知命在旦夕，临终前，把太子夫差喊到身边，嘱他立志报仇。阖闾不久死在后撤的路上。第三次攻伐行动，以吴军大败、阖闾不治身亡而告一段落。

第四次军事行动，发生在夫差二年（前 494 年）。夫差继位后，为了牢牢记住勾践杀父之仇，派了一个人立

在宫廷之中，每天用相同的语言大声地提醒他：“夫差！勾践杀了你的父王，你忘了吗？”夫差每次也用相同的语言回答道：“此深仇大恨，绝不敢忘！”以激励自己，坚定伐越复仇的决心。年初，吴王夫差决定兴师伐越。吴国备战的消息传到越国，勾践十分紧张。为了先发制人，勾践率领越国舟师攻吴。夫差听说越军来犯，即刻“悉发精兵十万抵御”。两军在夫椒（今苏州市吴中区西南太湖中，一说今浙江绍兴市西北之夫山）相遇，战斗非常激烈。越军抵挡不住吴军的强大攻势，不得不仓皇退逃。夫差指挥吴军紧追不舍，步步进逼，深入到越国腹地。勾践知道大势已去，率军退回都城会稽（今浙江绍兴市）。吴军不久又追到会稽。勾践怕遭受城破、君亡、国灭的厄运，便带着五千名残兵逃出都城，跑到会稽山上，想凭借山险固守。吴军乘胜一举攻占越国都城，又挥师出城，把会稽山团团围住。日子一久，越军已处于内无粮草、外无援军的境地。是年三月，勾践只得向吴国请降。夫差不顾伍子胥的竭力反对，接受了勾践提出的谋和、称臣并每年向吴国进贡的要求。之后，收兵回国。吴国攻伐越国取得了前所未有的决定性胜利。这样吴国成为名副其实的霸主了。后来，吴王因骄横、腐化葬送了吴国，而消灭吴国的不是别人，正是越国。这时，孙武已归隐山林了。

第五次军事行动，吴越再次征战发生在夫差十四年

(前482年)，这是在越王勾践“卧薪尝胆”、“伍员自刎”以后，越国对吴国发动的攻击性很强的军事行动。孙武已离开吴王归隐山林。这时，吴王夫差正在黄池，他陶醉在威加齐晋、称霸诸侯的喜悦之中。没有想到，就在大军在外、国内空虚的时候，经过十年生聚、国力大增的越国，竟起兵袭击吴国。消息传来，吴王夫差吃惊了。为了封锁消息，稳定军心，夫差一连把从吴都先后奔来报信的七个军士杀了，赶紧撤军返程。这次由越王勾践亲自带领的越国大军，采取从后方袭击的作战方式，沿海北上，然后逆淮水向西，以断绝吴国大军的回路，再分兵南下，直插吴都。在吴都郊外与守城的吴军交锋，俘虏了吴太子友（夫差的儿子）和几位吴军将领。接着，越军攻入吴都外城，并焚烧了位于今吴中区西南、由阖闾和夫差耗尽民力兴筑的姑苏台，夺走了专供吴王游览观光的大船。这一次不是吴灭了越，而是越灭了吴，这是后话。

二十二、功成名就

吴王阖闾目睹孙武率兵，自征战楚国以来，战功卓著，连连得胜，心中十分佩服孙武。心想：吴国一天天强大，成为春秋末期的五霸之一，周围的十几个小国连年进贡，齐、鲁等大国也不敢小视吴国，这一切的一切无不是孙武的功劳，如果没有孙武及其《兵法十三篇》，也就不会有吴国的今天。

自孙武率兵破楚以后，阖闾就不再以君代将，越俎代庖，三军大权就全部交给孙武指挥。孙武率领三军，西破强楚，北威齐晋，南镇越国，从而扩大了吴国的势力和地盘，吴国四周的国家一听是孙武率兵来战，无不闻风丧胆。当然，孙武也不是无限制地发动连年征战，他还是强调“仁”和“道”，强调“不战而屈人之兵”的全胜思想。孙武及《孙子兵法十三篇》的美名也在各国传诵，特别

是孙武的用兵之道和兵法十三篇，各国的国君和将士也都在细细地研读，也都在效法孙武的一些战略战术，孙武的军事思想得以流传。

在孙武率兵伐越得胜回师以后，吴王阖闾亲自设宴招待孙武，阖闾特意让孙武坐在自己的一侧，伯嚭、伍子胥分坐在下首。

阖闾举杯，环视一周说："今天设宴为孙将军庆功，吴国得有今天，全靠众将军的努力！"

"这些全靠大王的威福！"伯嚭献媚地说。

"哈哈，虽则是寡人之福，但是孙将军是首功，自分兵破楚入郢，千里伐楚，万里征战，无不得孙武谋划、指挥之力。当年齐桓公尊管仲为仲父，楚成王尊斗谷于菟为子文，以表彰功勋卓著之臣。今寡人封孙武任相国之职，自今日起，国中大事，先禀相国，再告寡人，一切大政，皆由相国做主！"

孙武听了，赶紧拜谢说："大王如此看重孙武，令臣感激涕零。臣本是一散淡小民，感谢大王知遇之恩。征战之功，全靠大王与众臣的合力。"

在吴宫论功行赏的祝捷盛会上，孙武被吴王拜为相，孙武本想当面辞谢，又碍于众将之面，吴王之威。而众将则对吴王阖闾的奖励十分佩服。孙武的好友伍子胥私下对孙武说："吴王拜你为相，当之无愧。今后你是一人之下，万人之上，我向你贺喜！"

不想孙武却说：“伍将军喜从何来？你不曾听先辈李耳（即老子）一句话？那段话是至理名言，我们必须戒之。‘持而盈之，不如其已。揣而锐之，不可常保。金玉满堂，莫之能守。富贵而骄，自遗其咎。功成身退，天之道。’”意思是说，手持容器装得满满的，不如不满就停止。磨得再锐利，不能常保不钝。金玉满堂，没人能长守富贵。富贵骄纵，自找灾祸。功成身退，才合天道。

伍子胥听后，不以为然。

二十三、急流勇退

孙武从阖闾三年受命为将后，先后参加了谋攻楚国、齐国、晋国、越国四国的军事行动，为两代吴王图强争霸，立下了赫赫战功。前后征战三十余年，由一个二十岁左右的青年到五十多岁的老年，可以说，孙武把整个身心献给了吴国，献给了他心爱的事业。当然，他的军事思想也走向成熟。但他万万没有想到，他和伍子胥辅佐吴王建立起来的霸业，没有多久就土崩瓦解，强大的吴国最终被弱小的越国灭亡了。

吴国的霸业从峰巅跌落到峡谷，正是孙武功成引退、归隐山林的那段时间。一直把自己的命运和吴国的振兴、争霸事业联系在一起的孙武，没有帮助吴王夫差反击越国的复仇行动，而在吴国即将处于危难存亡的时

刻突然离开夫差，退隐山林。人们对孙武的这个举动感到不好理解。但仔细分析一下，孙武的耿直性格不会为吴王所欣赏，孙武也看不惯吴王胜利以后的所作所为。在与吴王还未闹僵的情况下，离开吴王，一方面可以休整一下，更重要的是要把他的军事思想整理一下，把《兵法十三篇》修改充实一下，以教后人，也是一件人间乐事。对于孙武的归隐有一些说法，但有一点必须承认，孙武归隐以后，同孔子一样，教了不少弟子，也培养了不少军事家。他的《孙子兵法》就是他的弟子根据《兵法十三篇》整理成书的，如每句开头都是“孙子曰”。孔子的弟子整理孔子的著作时，也写“孔子曰”，他们本人不会自己这样写。由此可见，孙武的军事弟子也不少，他的孙子孙膑也是受他影响而成为伟大军事家的。明代文学家、吴县人冯梦龙在他撰著的《东周列国志》中，对孙子的隐退写了下面这段话：“阖闾论破楚之功，以孙武为首。孙武不愿居官，固请还山。王使伍员留之。武私谓员曰：‘子知天道乎？暑往则寒来，春还则秋至。王恃其强盛，四境无虞，骄乐必生。夫功成不退，将有后患。吾非徒自全，并欲全子。’员不谓然，武遂飘然而去。赠以金帛数车，俱沿路散于百姓之贫者，后不知其所终。”冯梦龙的话，没有提到孙子辅佐吴王夫差北威齐晋和南服越人。但他臆想的孙武对吴王“恃其强盛、四境无虞、骄乐必生”的看法和“功成不退，将有后患”

的想法，对解释孙子退隐的原因倒是既符合史实，又合乎情理的。

孙武是以“吴王客”的身份参与吴国政治斗争和军事行动的。他不把爵位、俸禄放在心上，而是把兵法视作自己的生命，看得比什么都重要。因此，他以兵法实践辅佐吴王成就争雄称霸大业以后，既得到了极大的满足，又产生了一种失落感。戎马一生的他，已过了“知天命”之年了。此刻，他最需要的是易逝的时光。他要把在齐国时孕育、见吴王前完成的《兵法十三篇》，结合自己在吴国的军事实践，加以修改、充实，以便为后代留下一份珍贵的遗产。孙子心中不由地滋长起了退隐归野的念头。而吴王的一些行为，无疑让孙武感到失望。他由失落到失望，终于在北威齐晋以后，理智地作出了归隐的决定。

吴王胜利以后，让胜利冲昏了头脑，生活腐化，以为天下太平，远君子，近小人，只听奉承话。有几件事使孙武十分寒心。

一是吴王“大筑宫室，民疲士苦”。早年的吴王阖闾是一位能与臣民共甘苦的君主。据说，他吃饭不吃两道菜，坐时不坐两重席，房子不建在高坛上，所用器皿不加雕镂，宫室之中不造楼阁，所用车船不施装饰，衣服和用具取其实用而不尚华丽；在军中，煮熟的食物必须等士卒都得到了自己才食用，勤勤恳恳，体恤百姓。可

是，到了晚年，认为霸业在握，尽可享乐了，于是不顾百姓死活，征调人力，大筑宫室。《吴越春秋》一书中这样记述：（阖闾）自治宫室，立射台于安里，华池于平昌，南城宫在长乐，阖闾出入游卧，秋冬治于城中，春夏治于城外，走犬长洲（苏城西北有一地，叫走狗圹，相传为阖闾田猎之地）。足见阖闾的变化了。而吴王夫差，生活更加奢侈、腐化。越王勾践臣服于吴国以后，为了讨好夫差，麻痹夫差，削弱夫差的意志，在范蠡、文种一班谋士的策划下，献西施（越国美女）、贡神木（传说此木围二十丈，长五十丈）。夫差把他父亲阖闾在世时已建造的姑苏台（相传位于今苏州古城西南，面向太湖）扩大重建，前后三年才完工。北宋《太平广记》记述："吴王夫差筑姑苏台，三年乃成。周环诘屈，横亘五里，崇饰土木，殚耗人力，宫妓千人。又别立青宵馆，为长夜饮，造千石酒钟，又作大池，池中造青龙舟，陈妓乐，日与西施为水嬉。又于宫中作灵馆、馆娃阁，铜铺玉槛。宫之栏楹，皆珠玉饰之。"夫差生活奢侈的程度，远远超过他的父亲阖闾。由于夫差"崇饰土木，殚耗人力"、"淫而好色，惑乱沉湎"，以致其时"行路之人，道死巷哭，不绝嗟嘻之声。民疾士苦，人不聊生"（《吴越春秋》语）。两代吴王的这些所作所为，孙子看在眼里，痛在心里。他无力劝阻，心中忧患不平。

二是"重用谗臣，错杀忠良"。两代吴王都曾重用过

楚国的另一名亡臣，这个人叫伯嚭（又作白喜）。这是一个善于阿谀奉承、拨弄是非的小人。伯嚭因其祖父被楚平王诛杀，于阖闾元年（前 534 年）由楚国奔吴，凭着如簧的巧舌而受到吴王阖闾重用。伯嚭与孙武、伍子胥一起辅佐吴王谋楚伐楚，立过战功。但此人在吴国的地位比伍子胥低，为了争权、争宠，在夫差当政时，他不惜暗中使劲败坏伍子胥的名声，离间吴王与伍子胥的感情。当伍子胥失权时，他进一步落井下石，促使昏庸的夫差排斥伍子胥。后来，夫差以伍子胥对自己怀有贰心为由，派人送属镂之剑（属镂，为剑名），赐伍子胥自刎。伯嚭还是一个贪得无厌的小人。勾践请降时，伍子胥竭力反对，劝说夫差杀勾践，灭越国。勾践就是通过向伯嚭贿赂，并由伯嚭向夫差求情，才得以请和。勾践臣服于吴国并带了妻子入吴为吴王夫差驾车养马达三年之久。以后又是通过贿赂伯嚭，让伯嚭在夫差面前为自己说尽好话。夫差又不听伍子胥忠谏，提前把勾践释放回去，还封地百里，让越国“定国立城”。勾践返国后，“愁心苦志，悬胆于户，出入尝之”，时刻不忘雪耻报仇，暗中加紧励精图治。经过十年生息以后，民富国强，后来出兵把吴国灭了。伯嚭“巧言利辞以内其身，善为诡诈以事其君，知其前而不知其后，顺君之过以安其私，是残国伤君之佞臣”。《吴越春秋》著者对伯嚭的这个评语是多么恰当。

吴王夫差诛杀忠良，重用谗臣，给孙武的打击太大了。特别是与他有莫逆之交的伍子胥，尽管有功于阖闾，有功于夫差，最后还是被夫差赐死并抛尸沉江。伍子胥的结局是悲惨的。孙武对世道似乎更明白了。他终于坚定地迈出了归隐山林的步子。

二十四、范蠡用计灭吴国

创业易，守业难，古已有之。孙武运用《孙子兵法》帮助吴王阖闾争得了霸主地位，特别是在征服他的邻国越国以后，吴国称君，越国称臣。这种局面似乎已成定局，但历史的发展并不那么简单。在孙武决意离开吴国以后，越国的国王勾践，起用了一代英才——范蠡。此人处处效法孙武，以孙武为师，深得《孙子兵法》的奥妙，用《孙子兵法》中的“诡道”灭了吴国。

当时，孙武看透了吴王夫差昏庸无能，决计离开吴国。临行前劝他的好友伍子胥同他一起隐退，免遭杀身之祸。但伍子胥不听，还很自信地说：“我同老兄不同。夫差小儿是由我保举才成了王太子的，他绝不会加害于我！”孙武见伍子胥难用言词打动，才洒泪与

好友辞别。临行时说，如果老友不嫌弃齐国边鄙，以后有难，就请迁到乐安来。后来孙武听说伍子胥被害，曾三天老泪纵横。吴国败亡的消息传到乐安，孙武曾详细打听事情的经过。他得知范蠡的“伐吴九术”后，拍案叹息说：“什么‘伐吴九术’，这不明明是我的兵书中所讲的‘诡道’吗？诡道十四策只用了十策，阴谋便奏效了，这是吴国的不幸呵！要是我在吴国不走，绝不会让他的诡道得逞!”据孙武后代说，孙武当年还向子孙们提起过伍子胥的失误。一条是，伍子胥劝谏夫差未得要领，应当告诉夫差：吴国伐越，不是为了占有它的土地，而是为了报仇。你夫差忘记了让人立于朝廷向你高呼是谁杀害了你的父亲吗？别说是一国之君，就是平民百姓也懂得杀父之仇不共戴天呵！再一条是，伍子胥应当用“将在军，君命有所不受”这句话，将勾践先斩了再说。夫差即使动怒，把伍子胥杀了，可吴国的心腹之患却可以得到剪除。伍子胥是聪明一世、糊涂一时呵！

范蠡窃用了孙子的“诡道十策”，究竟是哪十策呢？《孙子兵法》第一篇《计篇》中，就提出了兵家“不可先传”的“权势之变”——诡道十四策。这十四策是：一、能打，装作不能打；二、要打，装作不要打；三、要向近处，装成要向远处；四、要向远处，装成要向近处；五、敌人贪利，就用小利引诱他；六、敌人混乱，就乘机攻取它；七、敌人力量充实，就注意防备他；

八、敌人兵强卒锐，就暂时避开他；九、敌人气势汹汹，就设法阻挠他；十、敌人辞卑慎行，就要使之骄横；十一、敌人休整良好，就要使之疲劳；十二、敌人内部和睦，就要离间他；十三、要在敌人没有防备处发动攻击；十四、要在敌人意料不到时采取行动。究竟范蠡窃用了《孙子兵法》中诡道中的哪十策呢？

公元前 494 年，勾践在夫椒地区被夫差击败后，只剩下五千人被围于会稽。在危难之际，勾践求计于谋臣范蠡。范蠡让他低声下气地尊称夫差为“天王”，把珍宝玉器、最美的舞女歌女送给夫差，勾践自身也为夫差牵马赶车做奴仆，以极端屈辱的条件求和，甚至让自己的妻子做夫差的小老婆。这分明用了《孙子兵法》中诡道里边的第五“敌人贪利，就用小利引诱他”和第十“敌人慎行，就要使之骄横”二策。历史上卧薪尝胆的故事就出在这段历史，吴国灭了越国以后，越王勾践听取范蠡的计谋，睡在草铺上，铺的上方吊一猪苦胆，勾践每天都要尝一尝。苦胆是苦的，勾践尝到苦涩以后，才不忘受屈辱被奴役的苦处，以激励自己发奋图强，东山再起，灭吴报仇。

范蠡收买太宰伯嚭作内奸，千方百计挑拨夫差与伍子胥的关系。太宰伯嚭接受了勾践数次重贿，比如一次就接受了八个美女，还等着得到更美的。这样一来，伯嚭就不断在夫差面前拨弄是非，说伍子胥的坏话，在关

键时刻向伍子胥捅刀子。公元前 484 年，夫差又要兴兵伐齐，伍子胥劝夫差说："拿疾病做比方，齐、鲁不过是疥癣，而越国才是心腹之患！勾践正在麻痹我们和收买人心，他不死，必定是吴国的祸患。"伍子胥不同意伐齐，君臣闹了个大红脸。伯嚭趁此机会挑拨说："伍子胥这个人太刚暴了，对人刻薄又好猜疑，他早就对大王不满了。他不同意伐齐就不同意吧，可是不该盼着吴国失败，看您的笑话呀！他想用大王的出师不利来显示他的高明，心眼儿太坏了！现在大王率领全国人马要远征了，他却装病不行，还违抗您的命令，不肯出使齐国。我派人暗地查访，老家伙竟敢派他的儿子代他出使，到齐国后偷偷摸摸跟齐国大夫鲍牧勾勾搭搭。大王呀，这种人自以为是先王的谋臣，有点功劳，就不把大王放在眼里，还吃里扒外，您可千万要小心他呀！"夫差一听大怒，说："不仅你这样看，我也早就怀疑他了！"于是赐给伍子胥属镂剑，让他自杀。不言而喻，这是典型的诡道第十二——离间计。

范蠡还窃用了诡道第十一——"敌人休整良好，就要使之疲劳"之计。

在勾践夫椒战败向夫差求和成功后，范蠡让他发展生产，安抚百姓。勾践完全照办。他礼贤下士，施展怀柔政策。如埋葬死者，慰问伤者，抚养幼儿，访贫问苦，庆贺有喜事的人家，送往迎来，铲除对百姓不利的弊端，

等等。同时，对生育采取优惠政策：百姓生个儿子，奖励一只狗；养个女儿，奖励一头猪。十年之内不征农业税，实行藏粮于民的政策，老百姓家家户户都有三年的余粮。总之，越国十年休养，十年生息，以逸待劳。对吴国，则千方百计使之劳民伤财，丧其元气。如范蠡替勾践出计：让他利用夫差称霸野心的膨胀，支持夫差发兵伐齐、征鲁，使吴国丧失大批有生力量。这便是范蠡窃用孙武的诡道战术第十一——“佚而劳之”。

勾践卧薪尝胆，看来非常耐心，但对于雪耻灭吴又相当性急。从公元前 486 年到公元前 478 年这八年内，勾践五次征求范蠡意见，问是否可以出师伐吴。前四次都是鉴于时机不够成熟而为范蠡劝止。特别是第二次和第三次，非常明显地运用了孙武兵法的诡道第一、第二，即能打，装作不能打；要打，装作不要打。请看——

公元前 484 年，夫差又一次兴兵伐齐，吴国内部空虚。勾践认为时机已到，想对吴国发难。范蠡说：“夫差虽然杀害了伍子胥，但元气尚未大丧，不可轻举。”并让勾践率领臣下向夫差表“忠心”，愿为夫差当先锋。夫差大喜，误以为勾践完全降服于他，再无后顾之忧。

公元前 483 年，吴国发生了蟹食稻种的天灾，勾践想利用吴国发生饥荒的机会进攻吴国。范蠡认为尽管天时有利，但吴国民心、军心未乱，特别是它的有生力量还存在着，所以劝告勾践暂且等待。还让勾践装成毫无

野心的样子，每天同手下人喝酒、打猎，用假象麻痹夫差。

以上二例，明白不过地表明范蠡窃用了孙子兵法的诡道第一、第二。

还有：公元前 482 年，夫差一心称霸诸侯，不顾兵家大忌，不记王僚失国的教训，亲率主力攻齐。勾践征得范蠡同意，率五千子弟兵攻吴，一举大败吴师，俘虏了吴太子，吴国从此一蹶不振。这一次明显地运用了诡道第十三、第十四；要在敌人没有防备处发动攻击；要在敌人意料不到时采取行动。

勾践攻破吴都，俘虏吴太子的时候，夫差正在黄池（今河南封丘县）与诸侯会盟。他闻讯赶快回师，一日之内向勾践挑战五次。勾践打算应战，范蠡进谏说："夫差这回挑战，正值盛怒，兵强卒锐，大王暂时等待。"这次显然巧用了孙子兵法中的诡道第八：敌人兵强卒锐，就暂时避开他。

范蠡最后用《孙子兵法》是在灭吴的一役。

公元前 475 年越围吴后，吴军溃散，夫差派人向勾践求和，勾践不忍心看到吴国灭亡，想答应夫差。范蠡坚决不答应，亲自代替勾践应付使者，不让吴国使臣再见越王，终于一鼓作气，拿下了姑苏台，俘获了夫差，逼他自杀。毫无疑义，这是运用了孙子兵法的诡道第六：敌人混乱，就乘机攻取它。

这样一来，在孙武离开吴国八年以后，春秋五霸之一的吴国，被范蠡用《孙子兵法》灭亡了。这在一些人看来，历史似乎开了一个玩笑，吴王阖闾用孙武及《孙子兵法》，使一个弱小的吴国变成了一个强大的吴国，其间也兼并了他的邻国越国。当强大的吴国不用孙武和《孙子兵法》时，又被弱小的越国灭掉了。由此可见，用人才可以强国，不用人才可以误国。

二十五、《孙子兵法》哺育兵家名将

《孙子兵法》内容深邃精博，荣膺“百世兵家之师”的雅誉，已成为“古之名将，用之则胜，违之则败”的真理。纵观春秋战国以后的历史，《孙子兵法》（亦称《孙子》）哺育了一大批中国的兵家名将。

战国初期，卫国吴起苦学《孙子》。他继承了《孙子》的军事思想，写出了著称于世的《吴起兵法》（《吴子兵法》、《吴子》），被后世定为官书，列为《武经七书》之一。其“内修文德，外治武备”的战略思想，“知彼知己”、随机应变的军事思想，“以治为胜”、“教戒为先”的治军思想，内容极为丰富，皆源于《孙子》。吴起为孙武之后的著名军事家。

战国中期孙武的后代孙膑，由于刻苦钻

研《孙子》，灵活运用了《孙子》的避实击虚、攻其必救的军事思想，在辅佐田忌于桂陵、马陵两次大战中大败魏军，创造了“围魏救赵”、“减灶诱敌”的辉煌战绩，为古往今来之兵家所效法。他“吮吸”了《孙子》的“乳汁”，总结了战国中期以前的战斗经验，著述了重要军事理论著作《孙膑兵法》(《齐孙子》)。

秦汉之际，项梁曾以《孙子》教侄儿项籍(《史记·项羽本纪》)。

东汉名将冯异自幼好读兵书，精通《孙子》(《后汉书·冯异传》)。

汉初刘邦之大将韩信，谙熟《孙子》。他运用《孙子》“陷之死地而后生，置之亡地而后存”的军事思想与秦将章邯作战，在敌众我寡的情况下，设下了“暗度陈仓”的妙计，背水列阵作战，大败章邯，是运用《孙子》知彼知己、灵活运用军事原则的典型。

三国魏的开创者曹操，自幼酷爱兵法，苦心钻研《孙子》。他说：“吾观兵书战策多矣，孙武所著深矣。”(《曹操集译注·孙子序》) 他运用孙武的军事思想，创出了“主动制敌，逐鹿中原”、“多谋善断，决战官渡”和“灵活用兵占据关中”统一当时中国北方的战功。他还结合自己长期而丰富的战争实践亲自校正《孙子》十三篇。并作《孙子注》、《孙子序》，开注兵书的先河。曹操的指挥艺术和军事理论是以《孙子》为乳汁哺育的结果。

三国蜀具有雄才大略的政治家、军事家诸葛亮，善计谋，通晓兵法。他如饥似渴地学习《孙子》，深刻领会书中奥妙，掌握兵法战阵，所以能灵活运用《孙子》，在刘备兵微将寡、长坂新败的情况下，游说孙权，联合反曹，赤壁一战，以少胜多，从而确立了三国鼎立的局面。他还以攻心为上，七擒七纵孟获，收服了南越。由于他能系统地学习研究《孙子》战策，所以人们一向说他能掐会算，计谋过人，料敌如神；上知天文，下知地理，稳操胜券。可以说，诸葛亮这位“活神仙”也是靠吮吸《孙子》乳汁成长起来的。

唐代杰出的军事家、政治家李世民（唐太宗），自幼刻苦习武，熟读《孙子》，故能多谋善断，智勇兼备，长于统军驭将。

唐著名军事家李靖，少时喜欢研读《孙子》并运用自如。他曾在15年中四次统军作战均获全胜。后世人称赞他用兵“机果断，料敌明”，“才兼武文、出将入相”。他吸取《孙子》营养，结合自己实战经验，所著《唐太宗李卫公问对》，亦被定为《武经七书》之一。书中广征博引、反复论证了《孙子》的“奇正”、“虚实”、“主客”、“分合”等军事思想，成为历代将帅必读教材之一。

唐玄宗时军事家李筌也潜心研究《孙子》。他针对当时社会重文轻武，视谈兵为“粗鄙”的现实，著述了《太白阴经》。其中大量引证了《孙子·势》的思想，著有

《孙子注》，极大地丰富和发展了孙武的军事思想。

宋代由于战争频仍，兵学复兴。众多军事人才把注意力集注到习武练兵方面。如北宋末南宋初的文臣陈规，由于刻苦钻研《孙子》，继承孙子的军事思想，著有《守城录》、《攻守方略》流传于世；北宋军事家许洞，由于一生喜读《孙子》、《左传》等书，故好谈征讨杀伐、兵谋权诈等战争故事，著有兵书《虎钤经》，书中的治军道理及“谋略、进攻、地形气候利用、各种阵法”等皆出于《孙子》的军事思想和朴素的军事辩证法思想。《虎钤经》亦大为后世“兵家学者所利用”。

南宋抗金名将岳飞，由于发愤苦读《孙子》，所以能运用《孙子》指导战争实践，立下了“转战南北”、“收复六州”、“反攻中原”的赫赫战功，以出色的谋略和指挥艺术名扬海内外，为世人传颂、感念。

明代抗倭英雄戚继光，因自幼熟读了《孙子》，富有文韬武略、治军严整、指挥灵活、才学过人的智慧。他在平倭作战中屡建奇功，使倭寇闻名丧胆，被誉为“戚老虎”。

清太平天国军事统帅石达开、著名将领李秀成皆为热爱《孙子》而慷慨有志、勇立战功、流芳后世的名将。

中华民国初期，伟大的民主革命家孙中山先生多次研读《孙子》。他说：“那十三篇兵书，成为中国的军事哲学。”爱国军事将领蔡锷熟读《孙子》，在辛亥起义和

讨袁护国战争中屡立战功。

无产阶级革命家毛泽东认真研读《孙子》。他说："我确实读了许多中国古代打仗的书，研究过《孙子》之类的著作"，"孙子的规律，'知彼知己，百战不殆'，仍是科学的真理"。

刘伯承元帅也经常认真研读《孙子》，而且还时常给部队干部讲授。他非常灵活地运用《孙子》的战略战术思想和作战原则，战场上屡战屡胜，被誉为"论兵新孙武"的常胜将军。

二十六、走向世界

孙武的《孙子兵法》，不仅在中国二千多年的军事史上占据了重要地位，流传千古而不衰，而且由于它有很高的学术价值和实用价值，所以，它像长上了翅膀，早已飞越国界，扬名海外了。如果说造纸、印刷、指南针、火药四大发明，是中国在科技领域对世界文明作出的杰出贡献的话，那么，孙武创立的兵家学说，则是中国在军事思想、管理思想领域对世界作出的突出贡献。

《孙子兵法》现已被译成日文、英文、法文、德文、意大利文、罗马尼亚文、泰国文、荷兰文、朝鲜文、俄文、捷克文、越南文、马来西亚文、希伯来文等，在许多国家流传，荣膺“世界古代第一兵书”、“兵学圣典”的美誉；孙子本人，也被世界各国的兵家学者

公认为“东方兵学鼻祖”！

1991年，国外军界出现过一个有趣的现象：是年1月，海湾地区爆发战争。美国军队以多国部队的身份，直接介入了这场以电子技术先声夺人的现代化战争。进驻沙特的美国海军陆战队官兵的行囊中，都装着一本《孙子兵法》英译本和一盘解释性录音带。临战前，美国《华尔街日报》记者从前线发回报道说：“驻沙特海军陆战队官兵正在认真研读中国的《孙子兵法》，如果陆战队进击科威特海岸，孙子将与他们同在。”在这之前，该海军陆战队司令阿尔弗雷德·格雷将军曾指定把《孙子兵法》作为年度所有陆战队官兵的必读书，要求融会贯通，牢记在心。格雷将军本人就是一个“孙子的信徒”。海湾战争以多国部队取得胜利、伊拉克遭到惨败而告终。美军官兵研读《孙子兵法》一事被世界各国军界传为佳话。

在亚洲地区，早在一千二百年前，《兵法十三篇》就由一位名叫吉备真备的日本人带回岛国。吉备真备是一名英勇的武士，公元735年，由中国返回日本岛国，曾向太宰府的官员讲授“孙子九势”。公元891年，《日本国见在书目录》已列有六种不同版本的《孙子兵法》。二次大战日本以发动一方惨败以后，书铺里很难找到一部日本军事著作，唯独《孙子》一书却照常摆在各地的书铺里出售。日本海上自卫队干部学校依然把《孙子》作为学员们的必读书籍。现在，日本已出现了“兵法经营

管理学派”。1200 多年来，日本的兵家学者把孙子尊为“兵圣”，把《孙子兵法》尊为“兵经”。

在欧洲地区，孙子的《兵法十三篇》是在 1772 年由一位名叫约瑟夫·阿米欧（译音）的法国神父译成法文，并在法国以及其他欧洲地区传布开来的，开创了用西方文字传布《孙子兵法》的先河。这名法国神父在中国清代乾隆年间来到中国。他在中国期间，广泛搜集中国的古代兵书，从中选择了几部兵家名著，译成法文在巴黎出版，题名《中国军事艺术》，其中就有《孙子》十三篇。《孙子兵法》后来被人翻译成德文，传到了德国。发动第一次世界大战的德皇威廉二世，在战争失败被废黜后，曾阅读德文本《孙子兵法》。当他读到孙子在《火攻篇》上说的“主不可以怒而兴师，将不可以愠而致战……亡国不可以复存，死者不可以复生，故明君慎之，良将警之，此安国全军之道也”这段名言时，禁不住发出“倘若早二十年读到这本书，就决不会遭此亡国的痛苦”的叹息！后来，《孙子兵法》传到了英国。

在美洲地区，《孙子》在美洲地区国家的流传，主要是在美国。由于英、美两国，文字相通，美国的兵家学者很早接触到了《孙子》一书。在美国，孙子著作非常畅销，有好几种译本。据说，曾担任美国总统的罗斯福就非常喜爱读《孙子》。在第二次世界大战中，他常用《孙子》的原理来指导战争实践。他的这一举动，深深地

影响了美国军界。1964 年，美国一位将军编辑出版了一本书，书名《战略之根基》。书中称《孙子》是“世界五部优秀的兵学代表著作之一”。1973 年，一位担任国防大学战略研究所所长职务的美国学者，出版了《大战略》一书。书中称：《孙子》是“形成战略思想的第一杰作”，“连克劳塞维茨在二千二百年后所写的《战争论》也是望尘莫及。”一位当代美国著名的经济学家，把孙子的古代思想管理的精髓融入了他撰著的《企业管理》一书中，称：“古代中国人对于管理思想，也有辉煌的贡献。其中最为人们所熟知的，是一部写成于公元前 500 年的《孙子兵法》。这是有史以来最古老的一部军事著作，然而书中揭示的许多原理原则，迄今犹属颠扑不破，仍有其应用价值！”